译文纪实

刑事弁護人

亀石倫子　新田匡央

[日] 龟石伦子　新田匡央 著　　　　高璐璐 译

刑事辩护人

上海译文出版社

目　录

主要登场人物（文中敬称省略）

GPS辩护团

龟石伦子
我妻路人
小野俊介
小林贤介
馆康祐
西村启

高山严　　　辩护律师
上田国广　　辩护律师
指宿信　　　成城大学法学部教授
山田哲史　　冈山大学法学部副教授
后藤贞人　　辩护律师
园尾隆司　　辩护律师　原最高法院总务局局长

被告

★黑田行男
★中野武
★大川道二
★吉泽雄太

★滨本健司　大阪府警部补
★津田　　　最高法院书记官

★为化名

GPS辩护团成员与被告按出场顺序排序

序章　作案

2月，一个严冬的傍晚。

黑田行男开着一辆白色奔驰车，从大阪府吹田市的中国①吹田入口上了高速公路。他的学弟中野武坐在副驾驶座位上。

他们的目的地是长崎县B市。黑田一路飞速狂奔，无视高速公路的车速监控系统，只要前方没车，他就把油门踩到底。

从吹田到长崎县的出口大约有七百五十公里，他们只用了六个小时就开到了，平均时速超过了一百二十公里。那天深夜，他们进入了B市。

同一时间，另一个同伙大川道二在另一处默默行动，也进入了B市。三个人用手机取得了联系，隔天会合。

黑田成为盗窃惯犯，不过是几个月前的事情。

1971年出生的他，中学毕业后先做了建筑行业的日工，后来在大阪府某处仓库经营摩托车的修理和销售业务。虽说不是什么大生意，但客人也没间断过。

事情的转变发生在2011年冬天。一个店员偷了店里的钱，卷款潜逃，导致黑田断了现金流，陷入经济危机，生活一落千丈，连饭钱都成了问题。黑田动了盗窃的邪念，毕竟要混口饭吃。只是，一个人作案不太容易成功，于是他用"工作"的名义，打听身边有没有熟人愿意帮忙。大川道二和他不谋而合。

大川当时在朋友经营的酒吧当店长，薪酬微薄，日子过得紧巴巴。他心里总觉得亏，有一次找黑田商量："你要是有什么赚钱的活儿记得找我，什么活儿都行。"

黑田记得这话，自然最先拉大川入伙。

刚开始，两个人作案也相互配合，但总是干不成大单。黑田琢磨着，可能三个人合作成功率更高，就想到了他在当地的学弟中野。

中野从汽车修理的专科学校毕业后，一直没稳定工作，打零工混日子。2011年年底，黑田去找了他。

"那，就干吧！"

说是被黑田邀请入伙，其实也是一拍即合。中野当即就被带去了作案现场，负责盯梢。黑田和大川行动的时候，他就在车里观察周围情况。那天也算是他正式加入盗窃团伙的日子。

盗窃现场

2012年2月14日那天，三个人进入了长崎县B市的某町②。从车站往东北方向行驶十二公里左右，是一大片南北向、狭长的

---

① 日本的中国地方，又称中国地区，是日本本州岛最西部地区的合称。——译者（本书注释均为译注，以下同。）

② 日本行政划分名称，指小规模的市镇，或者城市内小区域的划分。

住宅区。那天虽然是2月的深夜，但B市的温度超过了八度，还下着小雨，一反这个季节的天气常态。

黑田把奔驰车停在了投币式停车场①。

三个人下了车，撑着塑料的透明雨伞，离开了停车场。黑田戴着黑色棒球帽，裹着围巾羽绒服，下面是一件黑色运动裤，中野穿着一身黑色运动服，而大川穿着黑色夹克黑裤子，裹着头巾，还戴着一副黑框眼镜。这时候是凌晨1点32分。

他们朝市中心走去，目标是盗取一辆作案用的汽车。

这种职业惯犯通常都用偷来的车作案，事毕再把车处理掉。三个人仔细地寻找着附近的斯巴鲁力狮②型号的车，该款车提速很快。车速快，是他们确定作案工具的重要标准，以防撤离现场时被警察跟上。

除了现金钱财，衣服、鞋、眼镜等物品也是他们的盗窃目标，看情况有时甚至也会把整个保险柜拿走。力狮的空间足够大，方便堆放各种大件赃物。说起来，力狮还真是完美的作案车辆。

平时都挺容易发现力狮的，但那天偏偏一直没找到，看来还是对这一带不够熟悉。黑田的视线敏锐地搜寻着周边，忽然，一处停车场引起了他的注意。

他盯上的是一辆白色斯巴鲁翼豹③，车停靠在路边的左侧第二个车位。翼豹比不上力狮，但速度也不差，整体车型小了一些，内部空间倒也宽敞。停车场没有照明，大半夜的，路灯显得

---

① 设有自动结账机器的自助停车场，大多只收现金。
② 斯巴鲁Legacy，中国官方译名为力狮，是日本富士重工业1989年制造销售的紧凑型轿车。
③ 斯巴鲁Impreza，中国官方译名为翼豹，1992年开始发售，自推出以来就是斯巴鲁汽车的主力车型之一。

特别亮。这对偷东西可不是什么好事儿，但黑田还是果断对这辆翼豹下了手。

这时是凌晨1点40分。大川和中野盯着周围，黑田走到驾驶位这边，把小螺丝刀插进了门把的缝隙里。只要找好位置，用螺丝刀对准一个地方一拧，就能解锁。开了门，黑田迅速跳上驾驶座位。中野从另一边的副驾驶位上了车。为了方便"工作"，黑田打开了手电筒。

他老练地打开了操控盖，主气缸露了出来。黑田拿出常备工具，打开盖子，拔出了气缸里的一处螺丝，这样就解锁了操控系统。紧接着，他又用工具小心翼翼地拧了拧气缸后面的一处地方，发动了引擎。整个操作过程只有三分钟。三个人开着翼豹，迅速回到了停着奔驰车的停车场。

凌晨1点53分，他们把奔驰后备厢里放着的作案工具，除了一把铁锹之外，全部转移到翼豹车里。三个人各自戴好手套和口罩，坐回翼豹车。凌晨2点11分，他们从B市的高速入口上了辅道，开往其他城市。

抵达目的地后，他们在事先踩好点的金铺和加油站实施了盗窃。凌晨3点49分，一行人从作案现场返回了B市。凌晨4点1分，他们在停车场调换了翼豹和奔驰的位子。黑田和中野去了预定的酒店睡觉。大川还有其他安排，就此分别。

2月15日凌晨0点过后，黑田和中野再次进入了同一个投币式停车场。两个人钻入昨晚停好的翼豹，准备开到人少的地方。这辆车应该已经报案被盗，车型和车牌都会暴露线索，他们一早就换上了偷来的车牌。

两个人盯上了一家无人加油站，开了进去，打算再次作案。刚把车停在一个加油站旁，另一辆车也开了过来。看起来是一辆普通轿车，但中野经验丰富，一眼看穿了这是警察的车。

"是便衣！"

听到中野的声音，黑田一脚踩下油门。便衣一看他们要逃跑，立即挂上红色警示灯，迅速追上去。黑田此时几乎要把油门踩爆了。

单车道的马路上他开到时速一百五十公里，双车道的地方他几乎开到了一百八十公里。一路闯红灯，频繁地左转右转，又反复掉头，试图迷惑跟踪的警察。过了一会儿，黑田回头看了看，确认已经甩掉了他们。

看来警察在找的就是报案的翼豹，就算换了车牌，一旦被发现还是会被盯上。两个人只好放弃这辆车，又偷了辆停在附近的本田奥德赛①，开回了停着奔驰的停车场。

回来路上是中野开的车。从长崎县高速入口开上高速是15日凌晨4点25分，从中国吹田口下高速是上午10点42分。回程也只用六个多小时就跑完了。

作案手法

这个盗窃团伙的作案模式始终如一。

通常是作为老大的黑田来决定作案日期。定好日子后，大川和中野来确定作案目标地点，由黑田最终敲定。作案当天，三

---

① 本田 Odyssey，是本田1994年推出的多功能休旅车。

个人各自开车抵达碰头场所。他们把大阪府A市的碰头地点叫作"黑田车库"。

碰头时间往往根据作案时间倒推,大多是夜里10点左右。碰头后,成员们统一换上黑色装束,再用帽子、口罩、面巾等遮住脸。准备工作完成后,集体搭乘一辆车离开车库。后备厢装着作案使用的铁锹、螺丝刀、剪刀等工具,还有各处偷来的车牌。

他们并不直接前往作案现场,而是先慢慢兜圈,物色作案用的斯巴鲁力狮。这款车很受大众欢迎,在任何城市都不难找到。只有黑田才知道如何打开车门,如何操纵引擎,其他成员只能在现场放哨,起助攻作用。如果偷来的作案车继续用的话,他们就换上准备好的车牌。为了掩盖车牌上的"封印"①孔洞,总是用塑料瓶瓶盖来混淆视线。

准备好作案车辆后,他们把车库开出来的车停在免费停车场,比如大型洗浴中心之类的地方,转移好后备厢的工具,再乘坐作案车辆前往预先锁定好的盗窃实施地点。

黑田的盗窃团伙不做抢劫,也就是不在有人的地方作案。他们的目标是无人的居室。从入室到逃走,作案时间只有短短三分钟。警察一般把这种模式称为"击中就撤"②。三分钟内结束的话,就算警报系统响声惊动了保安,保安赶过来的时间也足够他们撤离现场,自然也能避开警察的追踪。

逃走时最重要的角色是司机。黑田团队里担当这个重任的是吉泽雄太,他是中途加入的成员。吉泽是黑田的发小,中学毕业后

① 封印是指日本汽车车牌号左上方像瓶盖一样的铝制圆标,可以证明该车车牌经过正式登记后挂牌,也有防止被盗的作用。
② 原文为英文"hit and away"。

一直打零工为生，后来在一家二手车店做销售。虽说每个月也能到手二十万日元，但完全不够挥霍。刚好这时候黑田找到了他。

"小雄，你愿不愿意来给我团队当司机啊？"

吉泽想赚钱，一口答应下来。不过，黑田和他说好了，"你只负责帮忙开车"。所以实际上，他一次也没进到过作案现场。

吉泽是真正意义上的老司机，车技超群。即便被警察跟上，他也能镇定地甩掉对方。团伙作案这么多次，连一次高速通行费都没有付过，每次都是在ETC那条通道上，趁着横杠在车与车之间放下来的间隙冲过去。虽然免不了车体被打到，但偷来的车反正也无所谓。被摄像头拍下的瞬间遮住脸，警察就没有任何线索，毫无破绽。

结束作案后，大家回到大型洗浴中心的停车场，把"战利品"和工具转移回自己车上。其中一个人继续驾驶作案车辆，两辆车前后驶离。如果开的过程中看到合适的位置，他们就直接弃车。通常是投币式停车场或者路边随便一停，这是有意为之，因为停得久了，会引起周边居民注意到这个不熟悉的车牌，通报到警察那里。搜查后，失主也会尽快赶来，于是物归原主。弃车后的四人回到黑田车库。

盗取的物品如何分配，由老大黑田决定。他的原则很简单，无论成员在团队负责什么工作，都一律平分，从没有出现分赃不均的情况。所有事情处理完后，大家换上来时穿的私服，各自开车回家。

从2011年12月开始作案的这一盗窃团伙，到2014年才被抓捕。他们在两年多的时间里，累积犯案过百件。

上述案子过了整整一年后，2013年2月，长崎县警署拿到了针对黑田的拘捕令，罪名是盗窃翼豹。关键线索是丢在现场的高速公路通行券上，检测出了有犯罪前科的黑田的指纹。之后警察锁定了黑田的奔驰，在投币式停车场的监控摄像头记录里找到了证据，证明了他们盗窃翼豹和奥德赛的犯罪事实。黑田的罪名就此成立。

黑田在大阪的住址也很快被锁定。逮捕的条件早就具备了，可迟迟等不到拘捕令的下发，理由是共犯的身份尚未查明，即便逮捕了黑田，让他坦白了罪行，也没有足够证据一举拿下盗窃团伙，不足以对所有罪犯都提起诉讼。但这个团伙显然不知道这些情况，之后又犯了不少其他案件。

这时，侦查的主导权从长崎县警署移交给了大阪府警署。两地警察共同组成了合作侦查总部，在大阪成立了大本营展开侦查。大阪方面试图将之一网打尽，于是加强了对黑田车库以及团伙所到之处的盯梢和跟踪。

其中一次比较大的动作是2013年8月6日夜里到7日，大阪警方连续十三个小时监控并追踪了整个犯案过程。

作案失败

那天的作案行动也是从黑田车库开始的。

四个人和往常一样换了黑色装扮，在8月7日凌晨1点7分，坐上了吉泽驾驶的丰田普锐斯[1]。目的地是大阪府C市的某个投

---

[1] 丰田Prius，是丰田汽车1997年推出的混合动力车款，也是世界上第一个大规模生产的此类产品。

币式停车场。那里已经停好了一辆灰色力狮,是黑田一天前偷来的。团伙在前一晚的6日凌晨也行动了一次,可惜没有收获,遂决定第二天继续行动。

凌晨1点26分,他们抵达了停车场。吉泽留在车里,其余三人下了车,钻入了位置不显眼的力狮里。普锐斯和力狮先后驶离停车场,在半路上分开。普锐斯照旧停在大型洗浴中心的停车场,力狮拐进了一条小巷子里。普锐斯降低了速度,寻找着可以盗窃的车牌。黑田看上了停在某处的一辆丰田AQUA①,示意大川和中野去行动。

"把那辆车的车牌偷过来!"

中野和大川分别在车的前后方行动,用螺丝刀轻松卸下了车牌,拿回来装在了力狮上。这期间,黑田把车开到了他们视线可及的地方,同时留意着周围。

偶尔有男性经过,和黑田四目相对,看得他心里有点发毛,但对方没说什么,也就不耽误"工作"了。

黑田再次发动力狮,顺路开到了加油站加油,之后开往洗浴中心的方向,吉泽在那里等着他们。会合后,他们上了近畿高速入口,朝兵库县方向驶去。此时是凌晨1点49分。开了一会儿,凌晨2点8分,他们在兵库县内一个出口下了高速。还是老方法,吉泽从ETC通道闸口的正中央强行冲过去,横杠打到了后视镜。

凌晨2点21分,他们把力狮停在了兵库县D市某购物中心入口的投币式停车场。吉泽之外的三个人下车,走进了购物中

---

① Pruis C,日本叫AQUA,尺寸比普通的Prius小。

心,眼神搜寻着可以下手的店铺。

就在这时,中野留意到一辆丰田诺亚①在马路上慢慢开着,而且慢得让人生疑。他好像在黑田车库附近看到过好几次这辆银色车。一想到这车大半夜跟来了兵库县,下意识觉得有点恐怖。

(难不成一路被警察跟踪了……)

中野直觉不是巧合,赶紧告诉了黑田和大川。黑田也觉得好像见过这车,正盯着看,车里的人也在往这边看,和黑田的眼神不偏不倚撞上。

"快逃!"

三个人往停着力狮的停车场跑去,急匆匆钻到车里,迅速离开了。四个人放弃了在购物中心行动的念头,凌晨2点33分,再次上了高速。

目的地是简易邮局②。黑田了解到这种邮局经常发生盗窃案,就指示大川和中野:"(简易邮局)盯紧点儿。"

实施行动前,他们开车在周围绕了一圈,看看附近有没有人,发现邮局后面的小路上停了一辆厢式汽车,难波③车牌。看着和刚刚的诺亚不一样。

他们开车从车的右侧通过时,小心朝里面探了探,发现没人。

---

① 丰田诺亚,是日本丰田推出的一款多功能休旅车,定位在丰田阿尔法之下,也有"小阿尔法"之称。
② 简易邮局,是指日本邮政民营化之前,承接了邮局柜台业务的地方公共团体或者个人,现在多指被日本邮政委托的事务所。
③ 难波,日本大阪府大阪市中央区一个地区,为大阪南部主要交通枢纽。

"说不定是开车来别人家玩儿呢……"

他们掉了个头回到邮局。返回时又经过了车旁边,再确认一遍,还是没人。

凌晨3点13分,他们决定行动。黑田、大川、中野戴上帽子和口罩,套上橡胶手套,每人手上拿一把铁锹。他们已经掌握到,邮局后门是一扇嵌了玻璃的拉门。黑田在门锁那里的玻璃上敲出来一个三角形口子,伸手进去打开了门,发现这里是厨房。大川和中野先潜入,黑田紧随其后,一直往里走,被一扇上锁的木门挡住了路。大川和中野用铁锹撬开了锁。

闯进去后,发现这里是邮局办公室。硕大的保险柜就在进门的右手边。

"喂!有摄像头!"

黑田提醒着两个人注意监控摄像头。就在这时,防盗系统已经收到了感应,正面入口的防盗灯开始闪灭,警报声大作。因为保险柜旁边就是监控摄像头的显示屏,可以看到正门出入口的防盗灯。

保险柜的钥匙在办公桌左边三段式寄存柜的抽屉里,但他们不知道密码。眼看着用铁锹撬不开,整个搬出来又太大。黑田不得不放弃,发出了撤退的指令,从进来的后门逃了出去。然而,另外两个人并没有跟上来,还在搜寻着有没有值钱的东西。这可把黑田急坏了。

"走啊!快走!"

两个人出来的时间比黑田整整晚了一分钟。结果手上除了铁锹,还是空无一物。隔天,这个邮局就向警方提交了被盗申请,登记丢失了二十一张复印纸(价值四千二百日元),说是原本储存在办公桌的抽屉里。但盗窃团的成员里没有一个人记得他们拿过东西。

疑点

三个人一回到力狮上,待机的吉泽迅速发动引擎,一路疾驶逃走。中途停车等红绿灯的时候,他们又看到了在购物中心遇到过的那辆像在盯着自己的诺亚,就在对面车道的最前面。正要再次加速时,他们和一辆车内装有摄像机的车擦肩而过。黑田一时惊讶极了,这下肯定是被跟踪了。而且奇怪的是,就算甩掉了一次尾随,警察好像还是能随时出现。看来是他们的手机信号之类的东西被锁定了,很可能是全员都被掌控了,毕竟已经被诺亚盯上两次了。为了顺利开回大阪,中途必须再换一次车牌。

作为团队的司机,吉泽的职责就是把大家安全带回大阪。他把力狮开上了国道,时而南下,时而北上,又或者突然掉头,一会儿猛降速,慢慢开,一会儿又急刹车,就是为了确认后面有没有跟踪。看样子,好像没有警车跟上来。吉泽确信,他甩掉了警察的尾随。

为了方便大家找到容易偷车牌的地方,吉泽降低了速度,缓缓开着。凌晨3点31分,转过一个小小的十字路口,他们在一条小巷子里发现了一家医院的停车场。

一辆停在这里的丰田威驰①,成了他们的猎物。老规矩,大

---

① 丰田Wish,是日本丰田汽车旗下的一款多功能休旅车。

川和中野分别在车的前后方作业，再把车牌装到力狮上。黑田在视野宽阔的地方放哨，吉泽在车里待命，随时呼应。凌晨3点35分，力狮回到国道上时，已经是另一个车牌。

从这里返回大阪的旅途，就交给吉泽了。

他们来路走的是中国方向的高速公路，回程打算开山阳高速，因为考虑到之前闯ETC时被拍了照，警察很可能在出口查车。凌晨3点37分，力狮进入山阳高速，从中国吹田出口下来时，是凌晨4点3分。

不过，就算回到了大阪，也不能放松警惕。吉泽在停着普锐斯的大型洗浴中心停车场周边转了好几圈，和大家一起确认着有没有警察跟上来。他在背面的马路上停好力狮，一个人走过去取普锐斯。

两辆车一前一后开了一段距离后，大家瞅准时机，在C市某中学旁边的一处停车场丢下了力狮。

全员回到黑田车库时是凌晨5点26分。再次确认了附近没有警察后，四个人才放心，这下算是彻底甩掉了警察的跟踪。他们换回自己的衣服后，各自开车离开了黑田车库。

第一章　接受委托

"黑田这家伙已经被抓住了,你能帮我去一下大阪府东警署吗?"

2013年12月11日,高山严律师收到了这样一份刑事辩护委托。他在律师法人机构大阪公立律师事务所工作。

黑田被逮捕的嫌疑是2013年8月在大阪府C市的某停车场里,窃取了两个汽车车牌。

高山律师这段时间特别忙。他以前是朝日新闻社记者,干了五年后辞了职,在京都大学读了法学硕士后转行成了一名律师,一门心思专做刑事辩护,动机在于对国家权力的专横以及检察官、警察的蛮横的强烈不满。他经手的诸多案件都胜诉或者争取到了减刑。

战绩有目共睹,找高山律师的刑事辩护也就特别多。看着已经堆积如山的案子,高山自知很难有余力接黑田的案子,问了问坐在他左边、晚他两年入职的律师龟石伦子。

"龟石君,我这里忙不过来了,这案子你能接吗?"

今年是龟石做律师的第五个年头了。这几年,她从高山那里学了不少刑事辩护的门道，自然没理由拒绝大前辈提出的请求。

"当然可以。"

会面

逮捕后的七十二小时内如果拿不到法院下发的拘留证，侦查部门就必须释放嫌疑人。所以这三天里，警察要抓紧时间收集能让拘留成立的证据，会全力给嫌疑人施压让其坦白罪行。不过，这个黑田倒是从头到尾都全力配合警方调查取证。12月6日，大阪初级法院在证据确凿的基础上，下发了"拘留证"。

原则上，拘留认定后的十天内可以延长一次拘留时间，但最多十天。也就是说，从逮捕那天算起，法院最晚要在二十三天内决定是否起诉嫌疑人。如果要继续延长拘留时间，只能以"其他案件"进行二次逮捕和二次拘留。二次拘捕的话，也就再次多出"新二十三天"。一旦决定起诉，"嫌疑人"就成了"被告"，也就是刑事诉讼的当事人。

对刑事辩护律师来说，这二十三天对之后的辩护相当重要。即便嫌疑人承认了犯罪嫌疑事实，律师也要在这段时间尽可能多争取机会见到当事人，听取案件发生的过程、动机、背景等一切细节，同时和嫌疑人建立起信任关系，这对起诉后的辩护来说很关键。

黑田被逮捕的当天傍晚，龟石就安排了见面。

据说，热衷于刑事辩护的律师数量，全日本属大阪地区最多。尤其是大阪公立律师事务所,在业界以拥有多位大名鼎鼎的刑事辩护律师而知名。这家事务所的律师,几乎每个人手里都拿着二十件到二十五件的刑事案子,远远多过其他律所。

为了见到嫌疑人和被告,律所的人出入警察局和拘留所是家常便饭。要是撞上几件案子在同一天开庭,常常一整天泡在法院。即便待在律所,也基本上是和其他律师讨论当天经手的案件。

"这个手续要怎么弄才好?"

"被警察这么对待,是不是有点蹊跷啊?"

刑事案件对随机应变能力要求很高,从这点来说,在这里挂牌的刑事辩护律师能力相对更强,说是这个领域的专家也不为过。

大阪公立律师事务所是大阪律师协会赞助运营的"公办律所"。其一大特点是将主理刑事案件的"刑事公办律所"和专司民事案件的"民事公办律所"统一合并。一般的公办律所都是为了弥补人口稀少地区律师数量不够而设立,但大阪公立的定位是"都市型公办律师事务所",把刑事案件设为主营业务。这个张扬的性格也能解释为何他们的办公位置竟然就设在了大阪地方法院北门的正前方。

龟石赶往大阪东警署的时候,已经是天色渐暗的傍晚6点。办了规定的手续后,龟石从正门经过拘留管理科,进入了会面室。

会面室四面是坚固的水泥墙壁,正中间厚厚的亚克力板隔开了嫌疑人和律师。室内没有窗户,狭窄逼仄,照明也很不足,墙壁和门等内装破旧不堪。嫌疑人那边有一把椅子，辩护律师这边放了三把椅子。

通常，律师会比嫌疑人先进入会面室，坐在椅子上等着。过一会儿，工作人员带着嫌疑人进来，这时候，律师会坐着打个招呼。嫌疑人站着，很端正地低头说一句，"请多多关照"。就这么短短一个照面，辩护律师和嫌疑人之间森严的上下关系就基本定下了。

大阪公立律所却不按套路出牌。他们要求律师在嫌疑人进入房间之前，必须站着等待，不能坐着。等工作人员带着嫌疑人进来后，律师要先开口说："我是律师某某，请多多关照。"然后拿出名片，贴着亚克力板给嫌疑人看，之后再和嫌疑人一起坐下。这被认为是和嫌疑人建立信任关系的必要流程。这里的考虑是，一旦双方形成了上下关系，嫌疑人就很难坦诚地向律师和盘托出。因此，即便和对方是隔着板子面对面，也要像对待民事案件的委托人一样处理。

龟石每次都认真做了这一步骤，但总免不了在刚进入接见室的嫌疑人脸上看到失望的神色，对方好像在嘀咕：

"啊，竟然是个女的。"

"看起来不太靠谱啊。"

"这么年轻，没打过多少官司吧。"

男人的天下

那天，龟石也和往常一样站着等嫌疑人进来。黑田在工作人员带领下，走进了会面室。龟石敏锐地在黑田的眼神里捕捉到了一丝疑惑。

但龟石自己倒觉得，初次见面就让对方失望，也不是她的错。本来，辩护律师界就是男人的天下，加上嫌疑人和被告也大多是男性，对方疑惑或者失望也在所难免，只要她能把事情解决，这些并不重要。

"你好。我是受鄙司委托前来的龟石。还请多多关照。"

龟石说着，拿出名片靠近亚克力板。黑田盯着看了看，回应道：

"你好，请多多关照！"

黑田的声音格外明朗，和拘留期的其他嫌疑人状态不太一样。

"那，关于案件的细节，你可以告诉我多一些吗？"

"其实吧，我们还犯了挺多事儿的。"

"也就是说，嫌疑事实没有虚假是吗？"

"对，是的，是这样。所以，我也不想再争辩什么了，就想赶紧让我进去，再赶紧让我出来就行。只是，我们身上的案子还挺多的，估计前面还要花不少时间呢。"

黑田团伙的盗窃案多达上百件，现阶段只是以盗窃停车场的车牌为名做了拘留，之后还可能因为其他案件二次逮捕，二次拘留。

"真的有很多件，现在来看我也不知道总共有多少件会被起诉，但应该不会少。"

"那我们之后可就要长期打交道了。多多关照。"

"您客气了，是我需要您多多关照。"

黑田收到了"禁止会面通知书"，也就是说，在这个通知解除之前，除了辩护律师，其他人都不能申请见他。通常，嫌疑人被禁止与其他人见面的情况下，辩护律师就会多担任一项工作——帮嫌疑人给外面的家属带话。

"有没有什么需要的东西？"

辩护律师给亲戚朋友转达日用品的需求，一般多是衣服、隐形眼镜之类的东西，他们准备好后，再由律师帮忙捎带进去。

"身体有没有不舒服？"

如果有不舒服的情况，可以和警察沟通去看医生。

黑田其实有一个没入籍的妻子。

"需不需要给你带什么东西过来？"

"那就麻烦您带《文艺春秋》①来吧。"

"你喜欢文学？"

"嗯，经常读。"

原来喜欢《文艺春秋》啊！龟石也从小喜欢文学，比起娱乐性的小说，她更着迷于探求人类本质的纯文学。童年的龟石没什么玩伴，喜欢一个人看书。纯文学看得多了，习惯了没有明确答案和解释的风格，她开始关注身边的事物，喜欢透过现象去挖掘本质。即便是谁也不会留意的生活琐碎，也能引起她的注意，引发思考。听到黑田说喜欢文学，龟石不禁想到自己的经历，对黑田很自然地产生了好感。

黑田认了罪，整个人状态也不错，和未登记入籍的妻子看起来关系也很好。他知道怎样配合各种调查，对供述笔录的程序

---

① 《文艺春秋》是由日本文艺春秋出版社出版发行的一份综合性月刊，在日本有"国民杂志"的美誉。

和注意事项也都很熟悉，无需逐一说明。这之后会有什么遭遇，他心里也基本有数。所以从龟石来说，之后每周最多来两三次，讨论一下受害者的赔偿问题，再顺便推进一下各项程序，也就差不多了。

在这个节点，龟石还没想到后来会演变成那么复杂的状况。

作为刑事辩护律师

龟石1974年6月出生于北海道小樽市，毕业于小樽潮陵高中。这所学校人才辈出，也是小说家兼翻译家伊藤整①、电影导演小林正树②、搞笑组合"极乐蜻蜓"③成员加藤浩次的母校。怀着对大城市的憧憬，龟石考上了东京女子大学文理学部，不过这之后的四年，简直是她的"黑暗时代"。学校里到处都是东京出身的"大小姐"，家庭条件富裕，这让龟石很难鼓起勇气自我挑战，常常生活在恐惧之中，加上没有亲近的朋友，过得特别孤单。

结果，大学收获的只是深深的挫败感，自信也没了，觉得乡下人不属于东京——这么一想，就决定打道回小樽。工作定在了札幌，是一家大型通信公司的分公司。每天坐远距离公交从小樽去札幌上班，但她很难适应这样的生活。

她被录用的职位是行政职务。这家公司只要求女性穿工装，上班第一天看到这一幕，龟石心里就动了辞职的念头。从小

---

① 伊藤整（1905—1969），日本小说家，文艺评论家，代表作品有小说《生物祭》，评论《私小说研究》等。
② 小林正树（1916—1996），代表作有《日本的青春》(1968)、《东京审判》(1983)等。
③ 1989年，日本谐星山本圭一与搭档加藤浩次组成"极乐蜻蜓"出道。

到大，她都不能忍受硬性的着装要求，何况二十多岁的新人和五十多岁的前辈穿的衣服竟然一样。一想到自己五十多岁的时候还要穿着这样的工装上班，龟石顿感无力。

同样不能接受的，还有每天早上全员一起做广播体操。结果她被上司训斥道："为什么别人都在做，就你不做？为什么你要破坏职场的和谐气氛？"其实其他人也是边做边抱怨，但在公司做打工人，不能接受也要沉默着忍受，想想就觉得恐怖。终于，2000年9月，龟石和一位同事结婚后，结束了持续了三年八个月的社畜生涯。同一年，她跟着工作调动的先生去了大阪。

其实龟石挺热爱工作的，即便辞掉了之前的公司，她也不想无业在家。她给很多公司发去了社会人求职简历，但连个面试机会都没收到。她唯一的亮点就是毕业的东京学校小有名气，在大公司有三年多的经验，但个人方面并没有多少突出的战绩，也很难作为二次应届生①来竞争。

于是，她把目标改为考取资格证书。这一次，她希望自己的工作能对社会有用，能向大众传达一些信息，而不是做公司里可有可无的小小螺丝钉。

龟石考虑了几个资格证，但轻松拿到的证书看起来用处也不大。她想要的是能用一辈子的技能，不持久不通用的可不行。

我们每个人从小到大都会想，"自己要成为什么样的人"，就算人际关系很糟糕，我们也相信"总有自己的安身立命之所"。

---

① 二次应届生指大学毕业后入职，工作了一段时间（通常是三年内）又计划跳槽的人。

能同时满足这个愿望,又能做一辈子的工作,律师是个不错的选择。于是,辞职后三个月,龟石决定去考律师资格证。

2001年4月,龟石进入了司法考试补习学校,努力了整整两年。2003年考过了旧司法考试的"单项选择考试"。不过,论文考试部分,她完全败下阵来。两年的勤奋只能应付带运气的题目,写论文这种需要法律思维的试题,她还是有心无力。

这样下去不行。一番挣扎后,她决定去读法律专业的研究生。

2004年,龟石参加了法律专业的研究生考试,拿到了好几份公立和私立大学的录取通知书。考虑到学费问题,她最终选择了大阪市立大学的法学院研究生。又经过两年的法律课程学习,2007年,龟石参加了新司法考试,然而却失败了。第二年重新再战,勉勉强强擦线通过,在两千多名合格者当中排第一千八百名。2008年12月开始,做了一年司法实习生,终于在2009年12月成了一名有执照的辩护律师。从决定做律师那一刻起,到实现愿望,她花了整整九年。

在学校读研究生时,龟石见识过才华横溢的刑事辩护律师,被他们勇于辩明真相的魅力深深吸引。于是,她把刑事辩护律师定为了自己的目标。说实话,在这个男人的世界里,龟石没有年龄优势,实习成绩也不出彩。最后大阪公立律所被她的热情打动,即便硬性条件一般,还是录用了她。2010年1月,龟石正式开始了自己的律师生涯。

龟石是作为"居候辩护律师"——也就是我们说的"候补律师"被录用的。这种职位通常是负责打下手,处理找上门的案子，给律所所长，还有前辈同事们的案子帮忙。

刚开始，龟石像奔赴战场的战士一样在上班，特别能吃苦，无论男女同事，只要前辈问一句"这个会面你能去吗"，再远的警察局她都会去。多亏了这一点，她经手了不少案子，渐渐找到了刑事辩护律师需要的"感觉"。

有时候会和着实凶残的案件的嫌疑人接触，她渐渐也不再觉得对面的人很可怕了。她知道，一旦戴上有色眼镜去看嫌疑人、被告，一定会模糊真相。龟石觉得，就算对方行事穷凶极恶，前科累累，也必须先把这些放一边，真诚而平等地与他们对话。毕竟嫌疑人、被告一开始不可能把辩护律师当做自己的队友，如果不能取得他们的信任，一切都无从谈起。排除偏见和先入为主的观念，和他们在同一个角度看问题，是刑事辩护律师不可或缺的能力。

GPS

第一次会面的时候，交谈了一会儿后，黑田突然转换了话题。

"律师，我想请教一个问题，可能我这么问并不合适，就是警察会在我们这种人车上装GPS吗？"

"你是说跟踪系统吗？"

黑田毫无预兆地抛出这个问题，龟石一下子没抓住重点。

黑田敏锐地预感到可以问一问，就说了更多细节。

"就是今年夏天快结束的时候，中野的摩托车后尾灯灯泡掉了，他就拿去维修。然后，维修的人打开摩托车座椅下面的一个盖子，发现了一个奇怪的物件，说，'这东西不像是摩托车的零件哦'。仔细一看,才知道是GPS。中野其实一直想给自己的车装个GPS的,还看了不少介绍册。结果车上竟然就装着一个,他吓坏了。"

听到这里,龟石还不是很明白。

"中野夜里就给我打了电话,说:'我的摩托车上装了GPS,你看看你的车上有没有。'第二天中午吧,我就钻到车下面仔细查看了一下,结果,还真在车身正中间的地方,看到黑色绳子一样的东西松垮垮地耷拉着。我好奇地伸手摸了摸,原来,汽车消音器的线路之间,好像有吸铁石吸住了什么东西。"

龟石还是不太明白黑田究竟想说什么。

"我拿下来看了看,原来看着像绳子的东西,是黑色胶带部分受热被烧化了。但有个宽十厘米、长五厘米的塑料盒子,里面大概装了六个圆圆的吸铁石,用黏合剂固定着,又用黑色胶带一圈圈绕着,里面装的,就是GPS的车载终端。"

龟石这下听懂了黑田的意思,但她一下子没弄清楚来龙去脉,也没想好接下来如何回应为好。

"我们去了大阪以外的很多地方,犯了不少案子,后来仔细回忆了一下,好像每次都有一辆难波车牌的车,在我们去的各个地方附近出没。我们还聊过说,他们为什么知道我们的位置呢?"

的确,这听起来不是很对头。

"我们还推测,是不是警察掌握了我们手机的定位系统。所以,在中野的摩托车和我的车上发现了GPS之后,我们终于明白了怎么回事。原来,警察对我们用了这一招。"

龟石像想起了什么问道："后来，那个GPS的车载终端你们怎么处理的？"

"我那会儿有急事赶着出门，就把拿下来的GPS粘在了旁边的一辆轻型卡车上走了。回来的时候往那辆车上一看，GPS已经不见了。"

"没有拍照？"

"没拍。"

"中野也没拍？"

"我估计他也没拍。"

"这个事情只有你们几个人知道？"

"是的。"

这个事情倒是值得深究，可惜没有证据。

（啊，对了，好像也只有黑田才说了这件事……）

如果在法庭上提出这个问题，肯定需要有事实证明大阪府警察做过这样的不恰当侦查。龟石正琢磨着如何进一步找到证据，黑田开口问了一句：

"律师，我想问一下，警察是可以这么做的吗？"

黑田说着好像有些激动。

"其实，我也知道自己做了坏事。"

"嗯。"

"我也不打算争辩什么，就想着坦白认罪，然后去牢里待着。"

"嗯。"

"但是，警察真的可以这么做吗？我一直没想明白。"

龟石也无法立即回答黑田的疑问。不过，既然有了疑点，给出解释也是辩护律师的责任。

"这个事情我知道了。我也是第一次听说车上装有GPS，下次见面前，我会仔细查一下。"

龟石每次会面都会直接定好下次见面的日子，她觉得这么做可以减少嫌疑人的不安情绪，哪怕只是轻微的。

"我下次15号来，也就是四天后。还请耐心等待。"

定好日期后，龟石离开了会面室。

作为辩护律师，她必须对委托人提出的问题给出合理解答。然而，时间只有三天。龟石暗暗下定决心，要抓紧时间，做出最大努力。

第二章　孤注一掷

龟石在网上搜索关于GPS侦查的法院判决时，最先跳出的是2012年的"琼斯案"的页面。

　　2004年，美国联邦调查局（FBI）和哥伦比亚特区（属华盛顿州）警察组成了联合调查总部，对安东尼·琼斯的毒品犯罪交易展开了嫌疑调查。根据当时侦查得到的情报，调查总部向哥伦比亚特区的联邦地方法院递交了一个申请，希望在琼斯妻子名下的一辆车上安装GPS发射器。

　　法院通过了申请，但有附加条件，比如"限定在哥伦比亚特区内""限定10日"等。但是，在申请下达后的第十一天，办案警察仍然在马里兰州对这辆车安装了GPS。之后的四周时间里，警方一直利用这个定位系统跟踪琼斯的行踪。

　　琼斯很快被逮捕并起诉。然而，琼斯向法院请求不得采用GPS得到的证据，因为这些证据是警方无视执行条件拿到的。结果，联邦地方法院通过了琼斯的部分请求。

　　负责二审的哥伦比亚特区巡回上诉法院认为，"在没有批准的情况下使用GPS收集证据的行为，侵害了琼斯的个人隐私，违反了美国宪法第四修正案,禁止无理侦查和逮捕扣押",于是推翻了前一审。联邦政府不服判决,继续上诉到联邦最高法院。结果仍然维持了二审判决,认定在嫌疑人车上安装GPS违反了宪法第四修正案关于"侦查"的规定,并且,超出令状许可的时间和地点范围,同样违反了宪法第四修正案。

最高法院的索托马约尔[①]大法官,做了如下补充说明:

"和其他监控手段相比,可能用GPS的成本要低一些,而且监控对象的短暂行为也能一手掌握,但其中涉及的政治、专业、宗教甚至是性方面的隐私也会被暴露。这些记录一旦被保存、整理后被利用,很容易对监控对象造成不利,尤其是侵犯到隐私。对于使用GPS侦查的弊端,不可坐视不管。"

强制措施还是任意措施

继续搜索网络信息,随后出现了八条专门针对"琼斯案"的日本刑事诉讼法学者的点评。龟石立即调出来查阅,但最后还是没找到日本是否能使用GPS进行侦查的确切说法。围绕着"GPS侦查的法律属性""究竟需不需要令状",学者们各执一词。

侦查手段依其法律性质可分为两类,一类被称为强制措施(此处指强行侦查)。强制的意思是无视个人意愿,对其人身、住所、财产等加以限制,强行实现侦查目的的行为,是一种需要特殊规定认可的手段。根据《刑事诉讼法》第197条但书,"本法

---

① 索尼娅·马丽亚·索托马约尔,美国最高法院大法官,于2009年5月26日被时任美国总统奥巴马提名。

没有特别规定的，不得实行强制措施"。也就是说，强制侦查措施必须有法律规定（强制措施法定主义原则），并且原则上有法院下发的令状（令状主义原则）才能执行。比如逮捕时需要有拘捕令，进入民宅时需要有搜查令。

与此相对，任意措施（此处指任意侦查）指除了强制措施之外的所有侦查手段。这种情况下，说不上侵犯到个人的重要权利或者财产利益，也就不需要拿到法院的令状了。最为人所熟知的任意侦查措施是"跟踪"和"埋伏"，两者皆不被认为是侵犯隐私程度较高的行为，可以在没有法院令状的情况下展开。

只有当任意措施无法达到目的的时候，强制措施才会被允许。《犯罪侦查规范》第99条明确规定，"应尽量采用任意侦查的方法办案"。这就是"任意侦查原则"。

GPS侦查，究竟是需要令状的强制措施，还是属于任意措施呢？

而如果是强制措施，需要拿到何种令状才能进行？

在这一点上，龟石想一究到底。

继续检索资料，一条新闻报道引起了龟石的注意。2013年8月18日的《朝日新闻》报道了福冈地方法院公审的一起违反《兴奋剂取缔法》的案件。在侦查证据阶段，侦查人员在没有令状的情况下，在嫌疑人车上装了GPS发射器，辩护律师对这一事实提出了质疑。但除此以外，围绕着GPS侦查是否合法问题的案件报道，在日本国内几乎为零。

龟石分析了琼斯案与福冈地方法院的案例后，直觉判断即便日本有GPS侦查，但在没有令状这一点上，一定有问题。如果黑田所说属实，将会是相当严重的问题。作为刑事辩护律师，她相信自己的直觉。

之后，龟石打开了"刑事辩护论坛"网站，这是全国刑事辩护律师组成的平台。站内论坛里，律师们围绕全国的刑事案件和法院交换信息，积极讨论不同观点。

"有人认识那起福冈地方法院审理的违反《兴奋剂取缔法》案件的委托律师吗？"

龟石留言后，收到了我妻路人律师的联系，他曾在大阪公立律所工作，后来也加入了GPS辩护团。

"我认识。"

我妻律师说，当时负责案子的是上田国广律师，也是福冈有名的刑事辩护律师。

龟石很快就和上田律师取得了联系，写了以下这封邮件：

"上田老师当时在违反《兴奋剂取缔法》案件中围绕GPS侦查的情况做了激烈辩护，我想请教一下，当时的侦查是如何进行的呢？另外，您是否方便告诉我，关于GPS侦查，你们当时拿到了哪些证据，强调了哪些主张呢？"

面对龟石的咨询，上田律师提供了详实丰富的信息。看了警方的证人询问笔录后，龟石明白了警方声称使用GPS进行侦查的理由。更有启发的是，上田律师根据《刑事诉讼法》第279条关于照会公务机关的程序规定，先从警方租借GPS的保安公司拿到了"位置信息一览表"，进而向法院提出了申诉。这些对龟石来说是很重要的收获，让她看到了深入的方向，明确了找到能成为线索的信息才是关键。

然而，福冈的案例里，通过GPS直接得到的证据，并没有成为法院判决的依据，而是用其他证据判定了嫌疑人的罪行。也就是说，"安装GPS和跟踪侦查与本案件的职务问责没有直接相关"，也就不好判断无令状的GPS侦查是否合法了。

到哪一步是违法？

第一次会面过去四天后的12月15日，龟石第二次和黑田会面。

龟石带来的"礼物"是讨论"琼斯案"的论文，以及围绕福冈兴奋剂案件里使用GPS侦查是否合法的争论事实，还有黑田想要的《文艺春秋》。

龟石开门见山地说："我查了很多资料后，可能的确如你所说，警察使用了GPS进行侦查。如果警方没有令状这么做，就有可能属于违法侦查行为。"

尽管龟石并没那么确定，但是她也倾向于认为，在没有取得令状的情况下进行GPS侦查很可能是违法的。

正因为是警察和检察院这些国家权力机关在收集证据进行刑事诉讼，违法收集证据行为本身才成了一个大问题。如果是公民个体之间擅自使用GPS收集到的证据，在民事案件里很少被认为是违法证据。

比如民事案件里有这样的情况，妻子在丈夫车里安装GPS收集出轨证据，或者一方偷看另一方的手机即时通讯软件LINE上的信息，发送到电脑后转换为文件资料，再保存下来当作证据。偷偷录音或拍视频拿到的证据，也就是偷偷得到的声音或影像信息，通常也在审判中被采纳为证据。

既然如此，龟石为何会认为警方违法呢？这是因为警察作为国家权力代表，在没有令状的情况下展开GPS侦查，很可能侵害侦查对象的隐私。这种行为违反了宪法的令状主义原则，而国家权力违法收集证据的强大能力，绝对不能听之任之。一旦默认，力量强大的国家权力必然会得寸进尺，采取更多行动，直到不受控制。

辩护的风险和弊端

龟石在敲定辩护方案的时候，做了两手准备，一个是"辩护"，一个是"承认"，但她不能表明态度。她要做的是把这两个选项以及可能出现的情况，仔细传达给委托人，最终由委托人选择立场。虽然没有令状的GPS侦查有些问题，但选择辩护也会对委托人产生不利的一面。

"黑田，我还是得和你说清楚，如果我们在公审中坚持辩护，会有风险和弊端。"

第一点，如果想追究警方使用GPS侦查的事实，就不得不从检察官手中已经拿到的庞大证据里，找出GPS侦查得到的内容。然而，黑田和中野手边没有可以成为证据的GPS发射器，全部的证据都在控方那边。因此起诉后，需要推动案件进入"公审前整理程序"或者"审理期间整理程序"的环节才行。

整理程序是指刑事案件判决前，整理争点和证据的步骤。公审前整理程序是指公审开始前进行的步骤，而审理期间整理程序则是在两次公审之间进行。

检察官会从手边庞杂的证据里，筛选出能证明被告有罪的证据,并提交给法院。然而,对于被告申诉所需要的证据,往往不会开示给辩护律师。在此前提下,辩护律师必须一定程度上把握检察官手上的所有证据,否则难有胜算。只是,检察官有什么证据,辩护律师当然无从窥探。如今,很多人认为这种做法有失公平,因此有裁判员①参与审理的案件,会执行整理程序,所有证据的清单也会开示,可以说事态正在发生转向。可惜当时还没有这个程序,盗窃案也不属于裁判员参与的案件。

于是,辩护律师不得不大胆发挥想象力,揣摩"检察官有没有这个证据",再申请让检察官开示"应该有"的证据。这就是"证据开示申请"。猜中了,证据就会被开示,但有了这一步,还要想好下一步,"如果有这个证据,应该也有那个证据"。整理程序期间,很可能要反复多次申请开示必要的证据,也就导致公审迟迟无法开始。这个过程持续一年多也是常有的事情。盗窃案件通常很少有人会去辩护,认罪很快,一旦预测到缓刑判决的可能性,被告就会在起诉后申请保释。另一种情况是,围绕着违法侦查做辩护,拖入整理程序阶段,反复申请开示证据,这就可能导致保释不被通过。但无论哪一种情况,拘留时间越长,黑田就越辛苦。

第二点,对违法侦查做辩护的话,审判费用也会增加。因为申请开示的证据,原本不需要移交。申请后就需要复印原件,拿到的是复印件。复印费高达一张纸四十日元②,还只能在法院指

---

① 裁判员制度是,指每场特定的刑事审判中,由选民(市民)当中抽选出的裁判员与法官共同参与审理的日本司法、审理制度,于2009年5月21日正式施行。
② 日本一般黑白复印一张纸是七日元左右,彩印是二十九日元左右。

定的商店进行。证据相关的文件资料往往都是大部头，页数多，产生的费用着实是笔大数目。

此外，无令状的GPS侦查是否合法这一点，无先例可参考，在《刑事诉讼法》上也是全新的论点，因此学者们的观点就显得尤为重要。但是，要拿到在GPS搜查相关问题研究领域具有影响力的学者撰写的意见书，可能还需要另增数十万日元的费用。

第三点，即便花费时间不懈努力，也花了重金拿到了学者的意见书，这种破天荒的案件会得到什么样的结果，目前完全无法预测。到最后，很可能所有付出都打了水漂，审判依然认定其为合法的任意措施。

第四点，有可能做辩护后，不但没有认定GPS侦查属于违法行为，还被法官认为"犯了罪没有一丝反省之意"，反而加重了量刑。毕竟，被告的反省态度直接关系到减刑程度。

第五点，假设无令状的GPS侦查被判定为违法，但这个违法行为可能和量刑判决无关，也就是说并不能得到减刑。只要被告认了罪，又有充足的证据证明其罪行成立，仍然会宣告正常范围内的量刑，因此做这些对被告没有一点好处。

龟石把GPS侦查的刑事审判辩护的利弊全部分析了一遍，等待着黑田做出决定。辩护律师必须尊重嫌疑人、被告的意思，但前提是他们知悉了目前能预见到的所有情况。说出风险和弊端是其中一部分，并不是间接劝他们放弃。

其实龟石也在谨慎思考。不仅仅是从辩护律师的角度，作为一个普通人，她也无法淡定。她很清楚自己的想法，不能对国家权力的失控坐视不理。可同时她也知道，黑田在了解这些风险和弊端后，很可能会说出"那我们放弃吧"这样的话。毕竟，这样辩护下去，对他没有任何好处。

"考虑得怎么样了？"龟石试探着问。

"就算有风险，我还是想查清楚一些。"黑田的回答很利落，没有一丝纠结。

"费用会多出很多，也能接受？"

龟石瞬间感到了身上的重任，心里的担忧脱口而出。

"没关系的，我想想办法。"

其实也有不少嫌疑人和被告一开始说得好听，进行到一半时就付不起费用了。

"真的想好了？很可能要花一百多万日元。"

"我会想办法的！"

黑田说得斩钉截铁。

"我真的很想搞清楚，警察这么违法侦查到底对不对。"

龟石在黑田的语气里，捕捉到了强烈的"男子气概"。

黑田真的是个单纯又利落的人。干了坏事，乖乖认罪，不去争辩，毕竟出来混，迟早是要还的。他接受对自己的刑罚，期间也有真诚的"忏悔"。黑田的价值观里，他愿意为自己的错误接受惩罚，但警察如果做了错事，他也希望得到一句干脆的道歉。

只是这么一来就没了退路。辩护起来，目前没有一点优势。但龟石被黑田的"男子气概"打动了，她决定硬干一把。况且，直觉告诉她，这个审判本身会引发不小的争端。

"既然你这么说了，那我一定全力以赴。"

于是，他们选择了追究GPS侦查违法性的辩护策略。

（来吧！好好干一场！）

龟石再次坚定了心意。

辩护律师是受害者和遗属的敌人吗？

"刑事辩护律师，为什么要站在罪犯一边呢？"

"为什么刑事辩护律师要给干了坏事的家伙做辩护？"

"受害者和遗属的心情，你们一点都不考虑吗？"

"刑事辩护律师是罪犯的同伙！所以他们是受害者和遗属的敌人！"

"刑事辩护律师帮罪犯缩短了刑期，不就是助长他们再次犯罪吗？"

为嫌疑人和被告做辩护的刑事辩护律师，常常会遇到这类层出不穷的质疑和批判。龟石自然也经历了很多次。

站在受害者和遗属的立场上，这么想也不是没有道理，完全可以理解。但也让人感到"刑事辩护律师"这个工作的本质，还是没有很好地被社会大众所接受。

龟石的想法更接近下面这种观点：

保护那些因犯罪而被怀疑的人的权利，其实就是保护自己。

她常常有种感觉，自己为之辩护的嫌疑人和被告，也许就是哪一天的自己。

万一自己也犯了罪被怀疑，进而被逮捕、起诉、审判，这个过程里，会不会夸大了自己真正做的错事？会不会审判得比实际情况恶劣很多？无论自己怎么强调"真相"，都没有人听。毕竟，外界有很多方法可以逼自己就范，最后不得不承认子虚乌有的"事实"。一旦被放到嫌疑人和被告的位置上,什么名气、财富,或者作为政治家的影响力,都没有用,只是作为一个人,一个无足轻重的人,去和国家权力对峙。如果此时没有刑事辩护律师,很可能就无法进入规范的审判程序。

而嫌疑人、被告,与侦查机关相较,就像蚂蚁与大象一样实力悬殊。侦查机关背后是强大的国家权力,可以在强有力的侦查权限内收集证据。对比之下,嫌疑人和被告人身受限,要收集对自己有利的证据难如登天,无论是方法、权限还是资金都极其有限。

如果无视这种天壤之别的力量差异,公平、公正的判决就无从谈起。这正是宪法存在的理由,保障嫌疑人、被告进入合理审判程序的权利(第31条),委托辩护律师的权利(第37条),保持沉默的权利(第38条),如此才能使两者处于相对平等的位置上。如果没有公平、公正的审判,即便作为平等的当事人,对被告判刑的正当性也无法得到保证。

刑事辩护律师基于嫌疑人、被告被赋予的正当权利,在这些程序的实施中受到委托。也就是说,他们的责任是最大限度地行使嫌疑人和被告被赋予的权利,与代表强大的国家权力的侦查机关对峙。而确认国家权力是否在合理范围内使用,也是刑事辩护律师的重要责任。

龟石从不认为嫌疑人、被告是与自己无关的他人。他们和自己都在同一个社会生活,在他们身上发生的事情,也许某一天就会发生在自己身上,没有人是旁观者。

那天听黑田说"车上被随便装上了GPS",龟石就想了想,这种事情如果发生在自己车上会怎么样。可能所有行踪都掌握在警察手里，自己还一无所知。侵害黑田权利的事情，只不过是之后侵害自己权利的先兆而已。

"黑田是可恶的盗窃犯！警察在坏人车上装个GPS跟踪他的行动，他有资格责怪别人吗？"

这样想就过于单纯了。因为无令状的GPS侦查不仅涉及黑田等嫌疑人和被告，也涉及我们全体国民。"犯了罪的家伙，还保护他们的权利干啥！"这么想的人，等于变相接受了随便践踏人权的社会，被践踏的也包括那些没有犯罪的人的权利。

这种国家，还能被称为法治国家吗？

龟石始终认为，犯了罪被怀疑的人，他们的权利也需要被保护。如此，才是真正的法治国家。

这些道理对没有机会接触刑事案件的普通民众来说，并不容易理解和接受。实际上，不设身处地站在嫌疑人、被告的立场上去思考，也很难产生有现实感的共鸣。

大多数人都觉得犯罪和自己无关，自己一辈子也不会做违法乱纪的事情，但经手了二百五十多件刑事辩护案，听了很多嫌疑人、被告的坦白后，龟石再不觉得自己成为罪犯的可能性为零了。

因为犯罪的契机，谁都有可能遇到。

有个案例是一位四十多岁的女性，因为精神问题失业，手里没钱，最后去偷老年女性的购物袋。还有一位二十多岁的女性减肥过度，得了进食障碍症，一吃就吐，最后却养成了偷食物的毛病。一位八十多岁的男性，照顾老年痴呆的老伴而陷入绝望，企图杀死老伴后自杀。另一位三十多岁的女性，因为孤独育儿得了产后抑郁，最后竟然把自己的孩子弄成了残废。

看到这些，龟石不敢断言自己绝不会成为"那一边的人"。她心里始终有种危机感，他们，很可能就是自己。

这就是她要继续做刑事辩护律师，为嫌疑人、被告辩护的理由。

摊牌到哪一步？

为了拿到警察进行GPS侦查的证据，就得让检察官开示他们手上的证据。为此，必须先让法院将案件转入进行公审前整理程序的环节。可是，说着容易，做起来并不简单。

"法院认为为了持续、有计划、迅速地进行经过充分准备的公审……可以将案件交付公审前整理程序。"（《刑事诉讼法》第316条之2第1项）[1]

要让法院认为有必要进行整理程序，就得提出"争点复杂，证据庞杂，是存在问题的案件"这些理由，再申请"如果不整理证据，很可能无法让公审正常有效地完成"。

2014年1月14日，龟石向法院提交了文件，名为"申请进入公审前整理程序"。

她在其中写道："辩护律师计划就本案件的侦查阶段涉及违法程序提出申诉。将本案转入公审前整理程序，通过程序拿到

---

[1] 参考《日本刑事诉讼法律总览》（张凌、于秀峰编译，人民法院出版社，2017年版）第80至81页。

我方申请开示的必要证据,以探讨被告的主张,整理争点和证据,这对被告的防御辩护来说不可缺少。此外,这对法院继续按计划且有效率地进行充分公审亦十分必要。"

然而,龟石对这样的申请理由十分矛盾。因为她还不想让检察院了解到他们想围绕GPS侦查手段展开辩护。如果在现阶段就挑明的话,对方很可能掩盖与此相关的证据。之所以说出"计划就侦查阶段涉及违法程序提出申诉"这么暧昧的理由,也是考虑到这一点。

被法官问询时,龟石只点到了这一步:"违法侦查的细节,目前还不明晰。等见到了证据,我再具体陈述。"

有些法官很排斥拖入整理程序,因为要花费很多时间和精力,甚至有人选择用"任意开示"的方式来敷衍处理。所谓任意开示是指除了法定申请的证据之外,以"检察官的意愿"来开示其他证据。进入整理程序的话,申请开示证据的请求就会受到法律保护,但任意开示只是凭检察官的个人意志决定,很可能不开示对辩护律师很重要的证据。所以,龟石才想方设法转入整理程序。

大概一个月后的2月19日,法院决定进入整理程序。虽然申请的理由极其模糊,但也被通过了。龟石心里放下了一块大石头,暗暗为法院的决定叫好。

前哨战

刑事法庭通常会有"申请证据调查"和"决定是否采用证据"的程序。

为了证明指控的犯罪事项，检察官会申请对必要的证据进行调查取证，加以认定。辩方在争取无罪的时候，往往也会申请调查证据，不遗余力地证明指控事项中的合理疑点，让法官定夺。这就是"证据调查申请"。法院听取双方当事人的意见后，再决定是否采用证据。

这个过程里，检察官申请调查认定的证据分为"甲号证据"和"乙号证据"。乙号证据是被告的供述笔录，以及记录被告户籍、犯罪前科等信息的资料。除此之外与案件相关的证据，比如侦查报告书等都属于甲号证据。

2013年12月4日，黑田被逮捕，12月6日因案件（怀疑其在同年8月，于大阪府C市某停车场盗取两个车牌）被拘留，12月24日被起诉。之后过了三周，2014年1月14日，作为控方证据的甲号证据和乙号证据，送到了龟石手里。

她浏览了所有证据后，发现甲第四号证据有些问题。这条记录是2013年8月6日深夜10点到8月7日上午11点之间，对盗窃团伙进行的长达十三个小时的跟踪。仔细查看，会发现很多疑点。龟石确信在这个过程中警察使用了GPS。

（以此为线索的话，绝对能引出GPS侦查的证据。）

龟石又反复细读了甲第四号证据，推测警察在盗窃团伙的车上安装了GPS后，会如何进行侦查。警察为什么会知道盗窃团伙在购物中心附近的投币式停车场呢？又为什么会徘徊在盗窃团伙盯上的简易邮局附近呢？如果没有GPS来掌握位置的移动，又如何能连续十三个小时跟踪，却一次都没有跟丢？这期间与侦查相关的记录，都被龟石写进了"类型证据开示申请书"。

检察官申请的证据被开示后,辩方为了判断证据的可信度,必须写一份书面文件,申请开示一部分类型证据(勘验笔录、鉴定书、供述笔录等)。龟石在2月28日向检察官提交了这份文件,期待着会拿到有GPS这个关键词出现的搜查资料。

大概两周后的3月3日,龟石收到了检察官的"回信"。然而,检察官拒绝了开示大部分申请的证据,理由是"不符合类型证据","无法判定是否是需要开示的证据"。勉强开示的证据里,没有一个字提到GPS。

(为什么不开示呢?是有意在隐瞒什么吗?)

龟石又反复研究了甲第四号证据,并不觉得自己推测有误。

(不安装GPS的话,不可能有如此完美的跟踪。)

龟石请教了经验丰富的高山律师。对方给出了一个建议:

"申请开示的证据会不会过于狭窄了?试着把范围扩大一些呢?"

又过了两周,到了3月17日,龟石再次提交了类型证据开示申请书。这次,她参考了高山的建议,把覆盖的范围尽量写得宽一些(以下是摘录):

3. 关于某某停车场的所有现场再现笔录、照片录像报告书;

5. 2013年8月6日深夜10点至7日11点之间进行的行程确认侦查中,侦查员用手持摄像机拍摄的① 记录视频的媒体储存资料,② 分析结果、放置场所、其他所有从手持摄像机得到的资料报告书;

6. 2013年8月6日深夜10点至7日11点之间进行的行踪侦查中,关于① 与当时情况相关的供述笔录、侦查报告

书等,② 侦查机关制作的照片报告书、侦查报告书;

9. 与侦查机关发现作案用车辆这一事实相关的供述笔录
    等侦查报告书;

10. 相关人员、共犯的供述笔录,以及所有与供述相关的再
    现笔录、现场再现笔录等;

11. 被告的所有供述笔录(包含未签名未按压指印的内容)、
    讯问状况报告书等。

3月31日,龟石收到了检察官的回复。和上次相比,这次开示了更多证据。但是,关于GPS的证据,还是一个也没有。不仅如此,龟石也无法确定是不是所有证据都被开示了。因为当时没有收到证据一览表,她也就无从推测。

龟石有点着急了。4月1日,她给检察官发去一封名为"有事联系"的书面文件,陈述了"开示的证据不足,辩护律师无法提交'预定辩护意见书'"的想法。她希望至少开示3月17日提交的类型证据开示申请书里的第5项和第9项证据,但4月16日收到的回复里,也只是给出了她要求的这两条证据而已。

按道理说,两次申请得到的证据加起来,也不算少了,可最关键的GPS相关的线索却仍然一无所获。正是因为不能全部摊牌,龟石才想通过申请让对方拿出她需要的证据。然而,这个节点还没拿到的话,龟石在考虑,是不是换一个方案,试着直接准确申请与主张相关的证据。

按照一般的审判程序,这个阶段差不多要提交"预定辩护意见书"。其具体内容是辩护律师计划在公审中提出的主张。经

过这个步骤，才能提出"主张相关证据开示申请"。这时候辩护律师提出申请开示的证据，就不受检察官个人意愿左右了。如果侦查机关有GPS相关的证据，原则上要拿出来。所以，让龟石再次陷入苦恼的，正是要不要这时亮出撒手锏。

每次在这种关键时刻，龟石一向都会如此选择——不管结果如何，做了再说。事在人为，其余的，听天由命。

十八年前她向先生求婚的时候也是这样。

大学毕业后，龟石进了一家大型通信公司，工作的第三年，全国各地的同期一起在东京相聚，参加了三天两晚的"三周年研修"。从札幌过去的龟石，认识了一位在大阪任职的男生，是个打橄榄球的大块头，彻头彻尾的乐天派，胸怀宽广，内心也格外强大。龟石很快就被他吸引了。虽说颜值不至于一见钟情，但让她有种"想和他成为一家人，和他这么快乐地过一辈子应该很不错"的直觉。

三天转瞬即逝，突然告白似乎有点唐突。可是，也不能直接放弃吧，至少要说出来。龟石心一横，大不了被拒绝，告白失败，再继续朝前看嘛。

"不好意思，你愿意和我结婚吗？"

对龟石过于直爽的告白，先生当场回答："不行。"

对方这么回答太正常了，但龟石可不是这么容易被打击到的人。她甚至反过来想，"我未来的丈夫"真是个老实人。各自回到札幌和大阪后，龟石又连着发了好多封邮件，最后索性跑来大阪。两个人吃着大阪烧，龟石还喋喋不休地劝说对方，终于在邂逅的半年后，穷追不舍地攻下了结婚这件大事。所以，龟石才不是轻易放弃的主儿。

一份传真

龟石决定提交《预定辩护意见书》。至今,她只提及了"违法侦查",这次,她直接说到了GPS侦查。这是一个孤注一掷的赌局,因为手里一个证据也没有。她又见了一次黑田,确认了GPS发射器被发现时的细节。她想通过具有充分细节感的陈述记录,让控方觉得他们手里握有一些证据。

《预定辩护意见书》的核心内容如下:

第一点　关于在侦查对象车里安装GPS发射器进行侦查的违法性

侦查机关至少在黑田的汽车和中野的摩托车里,以及作案时使用的力狮里安装了GPS,以获取位置信息采取行动。

被告在不知情的前提下被安装了GPS发射器,行动被二十四小时监视,被严重侵犯了隐私。如果没有得到法律令状许可,这是严重的违法行为。

第二点　长期埋伏侦查的违法性

侦查机关在被告被逮捕之前,至少进行了持续一年的埋伏侦查,坐视被告在此期间频繁作案。

第三点　排除违法收集的证据

用违法手段得到的证据,因缺少效力,应予以排除。

辩护律师提出《预定辩护意见书》后,检察官必须给出回应。龟石写这份文件时,心里一直祈祷着——希望检察官能通过这份辩护意见书，感受到我真挚的诚意，"没有半点谎言"。

可提交后，龟石完全无法安心。

（怎么样了呢？）

（检察官会说什么呢？）

（如果回复"没有安装GPS"要怎么应对呢？）

（如果这是一场阴谋，要怎么揭穿呢？）

每一天，龟石都要设想很多还没发生的事。

那天，龟石刚好在大阪公立律所。

她的办公桌和律所同事的桌子，中间有区隔，两边放着书架，专门用来放文件。刑事辩护律师要处理的案件记录和资料数量都极为庞大，常常在桌子前面，甚至是手侧两边堆积如山。

龟石的桌子相对清爽，她在角落里摆了个小熊玩偶。这是带有她的专属回忆的物品，是读法学研究生的时候买的，曾陪着她考试复习。

桌子上还有一个大概十五厘米的正方形粉色镜子。做刑事辩护律师的人，常常因为离谱的事情气不打一处来，还经常气呼呼地挂掉电话，长年累月下来，面容也会变得带上戾气。龟石为了警醒自己，在眼前放个镜子，时刻留意自己工作时的面容和神情。万一露出了恐怖的表情，她会离开座位，转换一下心情。

2014年5月23日下午3点多，龟石正在办公桌工作，律所助理拿来了一张纸。

"龟石律师，您的传真。"

那是一张A4大小的纸张，文字是传真特有的变了形的样子。龟石费力地看着每一个字。抬头写着"证明预定事实的记录文件"，地址是"大阪地方法院第七刑事部门"，发件人是大阪地方检察厅负责案件的检察官的名字。龟石顺着题目继续往下读。

意外！

上面一个字一个字清清楚楚地写着，大阪府警察在侦查环节，在黑田的汽车、中野的摩托车、作案的力狮上"安装了GPS发射器"。

（太好了！）

虽然证据没有给出多少，但对方至少承认了安装GPS的事实。

（总算可以把违法侦查的讨论提上台面了。）

龟石心里又兴奋又踏实。然而，很快又涌起另一股念头。

（这下会变成大案件吧……）

如前所述，福冈地方法院审理的违反《兴奋剂取缔法》的案件里，GPS侦查得到的直接证据并没有申请作为判决证据。所以，关于GPS侦查的违法性也一直没有得到正面回应。这么说来，自己手上的案子，很可能成为日本第一例探讨GPS侦查是否合法的案件。

龟石此时涌起了抑制不住的兴奋。

她又激动地看了好几遍这份文件，突然，一句话让她呆住了。

"安装GPS发射器进行侦查属于任意措施，是合法行为。"

原来，控方是承认安装了GPS，可是，他们也直接挑明了态度，没有令状安装GPS的行为属于"任意措施"，也就是说，不存在违法性。

（果然还是来这一招啊！）

龟石全身猛地一紧，死死盯着传真。

（看来是一场硬仗了……）

这场战争，由此进入了第二阶段。

第三章　达成一致

控方承认了安装GPS这一事实的四天后，大阪地方法院进入了公审前整理程序的环节。龟石在现场的心情波澜起伏，但脸上的神情镇定如常。法官和检察官从头到尾都毫无表情，显然，一场法庭之外的博弈也在进行中。

很可能，这件事在大阪府警察署内部已经引发了骚动。

检察官不仅被质问是否安装了GPS终端，这一问题还被辩护律师以坚定的态度逼上了台面。安装GPS是确凿无疑的事实，但即便在警察署内部引起了热议，外面也很难察觉到里面的动向，他们似乎只是平静地进行着公审前整理程序。

检察官对于GPS侦查做了如下回应："因为之后涉及追加起诉，在提出所有起诉后，我方会申明主张。"

检察官表明的主张是说，如果之后有追加起诉（被告因为其他案件被检察官追加起诉到同一家法院，进行合并审理），具体是哪一起案件使用了GPS侦查，哪一起没有使用，都将由检察官做判断之后申明。对此，辩方没有理由反对。龟石只能继续把"主张相关证据开示申请书"和"类型证据开示申请书"当作武器,争取找到和GPS侦查有关的证据,努力证实警察存在违法侦查的事实,除此之外别无他法。

在公审前整理程序阶段,只有一名法官负责办案。盗窃类的案件大多是一名法官审理,但法院认定是重要案件的情况下,会采用主审法官加上左右各一位陪席法官的三人合议庭的方式进行审理,也就是所谓的裁定合议。龟石目前在考虑的是,法院会在哪个节点正式介入。

团队作战

这件事,还是得找谁商量一下,龟石不无惆怅地想。

目前她还没和任何人说起,倒不如说不能和任何人说起。毕竟手上这份传真写的东西足以引起轰动,但最后能达到什么程度,还是在于自己的能力。龟石对这一点,没那么自信。

(我一个人肯定赢不了。这个案子,还是得团队作战。)

这么做并不是退缩,而是基于明确的理由。

根据龟石目前积累的辩护经验,一定程度上可以预测法院会如何推进案件。这一次,关于没有令状的GPS侦查的合法性问题,在《刑事诉讼法》上完全是全新的论点,所以她才需要请教学者,请对方写出意见书,在这个基础上搭建自己的主张。现阶段这一点准备还很不充分,关于GPS侦查实际执行情况的证据还不充足,要继续收集。而且,除了GPS侦查,还有其他几个重要论点要找人来分工合作推进。这么一想,组织一个五六人的辩护团势在必行。

这个想法倒是形成得很自然,问题是,和谁来组队呢?

龟石之前参加过很多次辩护团，但对他们的作风总感觉到有些不满。有的团队重男轻女，不怎么信任自己，而且开会时间长，拖拖拉拉三个小时也讨论不出来什么。有的团队人数又太多，总共加起来有十多个律师，实际负责的核心成员就有一半以上。或者辩护团内部各人风格迥异，有人开会的时候睡着了，有人对工作不上心，被分配到的工作也做得很糟糕，反而增加了更多事情，浪费时间精力。

如果自己来做辩护团老大的话，一定不能出现这些情况。龟石希望的是能找到愿意和自己一起工作的伙伴，大家斗志满满地捆绑在一起。至于有没有老资历的辩护律师在团队里，她觉得反而不是最重要的。龟石不想团队气氛压抑，比如要看大前辈的脸色，没人敢说出自己的想法之类的。如果按照这个思路推进，范围会收窄很多，她想找没合作过的新伙伴来组成这次的辩护团。

时间过得飞快，团队的搭建工作却进行得很缓慢。

5月23日，检察官发给龟石"证明预定事实记录文件"的传真，承认警察安装了GPS。同一天，龟石做司法实习生时期同期入门的友人小野俊介也给她发来了邮件。

小野比龟石小九岁，从奈良东大寺学园考入了京都大学，是绝对的高材生。不过，高光时刻仅限于此了。进入大学后，小野基本上没怎么好好学习，虽说要做律师，却也没有表现出太强烈的意愿。一开始还挺醒目，但大大咧咧的性格，表面上总让人觉得做什么事情都不认真，可是有时又会展现出执着、犀利的一面，这种天生的平衡感，赋予了他一种独特的气质，让人过目难忘。

"夏天快来啦，也很久没见了，要不要聚一下？6月的第一周或第二周如何？"

龟石在实习生时代的同期伙伴有三个人，大家每两三个月就聚一次，一起开学习会，断断续续持续了四年半。龟石专注于刑事辩护，其余三人以民事案件为主。大家每次都会把各自手上的案件说一说，主要是想拓展各自的视野。每次的时间大概两个小时，地点在大阪公立律所的会议室。说起来，这间律所的构造挺特别，一楼是会议室，二楼才是办公室。开完两个小时的学习讨论会后，大家一般会去烤肉店聚餐。龟石出生于北海道，总嚷嚷"海鲜早就吃腻啦"，所以她格外爱吃肉。

"好呀！我也正想给你发邮件呢。"

龟石回复了小野后，给其他小伙伴发去了同样内容的邮件。大家商量后，决定把下次学习会定在6月5日。

"那，就5号啦！我去预约一楼的会议室。晚上6点开始，之后去喝一杯，如何？"

小林贤介——大家一般都叫他小贤，也是龟石实习生时代的小伙伴，龟石曾经和他一起参加过另外一个律师辩护团。小贤从京都大学文学部毕业后，考取了研究生，专攻欧洲中世纪史。此前落榜过一次，蹉跎一年，加上硕士读了三年，毕业时已经二十六岁了。本来还在纠结要不要继续读博，但看到身边一位过了三十五岁还没找到工作的前辈，他觉得自己拼不到这一步。但是呢，他也不想做公务员或者进公司当普通职员，而是想做只有自己能做到的工作。

如果考取了资格证，应该就能拥有"只有自己能做的工作"

吧。可是考什么资格证呢？他查了查，对律师这个职业燃起了兴趣。也许是他的学院派出身，小贤很擅长踏踏实实解决眼前问题。虽说比龟石小两岁，但很容易让人信任，倒显得他年龄更大一些。

"小贤，5号那天我说一下我的案子吧。"

"好的，了解。"

聚餐

然而，6月5日的学习会取消了。小野和小林那天工作上都有临时安排，最后只有另一名成员馆康祐可以参加。

馆比龟石小七岁，和小林一样在大学读的是文学。虽然他读的是上智大学①的文学部日本文学专业，但对文学一直不怎么感兴趣，倒是修了不少其他学院的课程，寻找真正喜欢的方向。

大三那年，他有了认真攻读法律的念头，一鼓作气考上了神户大学法学部，切换到司法界轨道。他本来想做法官，但司法实习阶段对辩护律师的工作产生了兴趣，最后选择了做辩护律师。馆最大的亮点就是认真，自我评价和他人对其评价皆是如此，一路走来都闷声努力，也不觉得苦。因为这个性格，馆常常被分派做基础性的工作，但完成效果绝对令人叹服。

当天的学习会虽然出了状况，但吃肉喝酒的计划没有更改，参加者有龟石、馆，结束工作的小野，还有西村启——龟石在实

---

① 上智大学，是日本一所私立天主教大学，与庆应义塾大学、早稻田大学有"日本私立三大名门"之称。

习期的小伙伴，但平时不和大家一起参加学习会。

西村和馆同龄，中学到大学一直在同志社①。一路没有纠结地直升名校，又一路没有纠结地选择了法学专业。当时目标直指司法考试的同学们，都在学校外报了补习班，西村完全不跟风，是大家眼里"典型的大学生"，每天不是在玩儿就是在打工。

等考到第三次的时候，身边的同学都开始找工作了，他才有一点着急。也许家里经营房地产的原因，他第四次终于考过了司法书士②的资格证。本想着就这么当一个司法书士，但司法书士的世界都是一丝不苟的人，一丝不苟地整理文件，一丝不苟地确认，完成没有任何纰漏的工作，想想又不太适合自己。

一个偶然的机会，西村决定去做律师。登记为司法书士之前，西村参加了新人研修，其中有模拟审判，同为司法书士的前辈强烈建议他去做辩护律师，就是这么简单。进入法学院读研究生后，他才真正开始为了这个目标发力。和小野一样，西村的天赋高，理论吃得很透，每次的灵感一现都是真本事的展现。好胜心强，也不爱搭理人，不太和人交往，但对投缘的朋友倒是格外真心诚意。龟石在实习时代的好朋友，全在这里了。

四个人去的"肉问屋"，是龟石十分偏爱的一家店铺。

法院在西天满一带，附近是密密麻麻的法律事务所。这家店就在转角处的写字楼一楼，里面开着各种餐饮店和按摩店。

四人落座后，挨个点了自己喜欢的料理。龟石不喝啤酒，点

---

① 通常同志社指同志社大学，是位于日本京都的私立大学，校名"同志社"意为"相同志向的人聚集一起而创立的结社"，有附属小学、初中和高中。
② 司法书士，是日本的准司法人员之一，工作主要协助客户进行商业与房地产之登记和准备诉讼相关文件。

了高杯酒①，三个小伙伴点了生啤。肉呢，龟石要了里脊肉，西村喜欢牛舌，又点了其他内脏类。四个人烤着肉，喝着酒，就着实习那时候的八卦，聊得好不开心。

每次这种内部聚餐，他们都少不了"欺负"最认真的馆。

"话说馆君的运动能力也太差劲了吧！"

西村先开了头。

"我记得球技特别差！"龟石也接了腔。

"可是龟石你都没见过吧？"馆试着反抗。

"哪有？我见过的！那次大家一起去万博公园烤肉，又一起踢了足球，我看到的，球技特别烂！"

不搭理反而好，结果馆自己还往坑里跳。

"是吗？说起来，在和光的时候，还不是被你们逼着去打篮球的。"

和光是位于埼玉县和光市的司法研修所，通常新人律师在结束了两个月的检察院实习、民事法庭实习和刑事法庭实习后，会在这里举行集体研修。研修后参加被称为"第二次考试"的司法实习生考试，考不过就很难进入律师界。

"被逼着？是这样吗？我怎么记得馆君玩儿得很积极啊？"

小野也跟着起哄。

"不是不是，才不是呢！我说了'我技术很差就不去了'，结果呢，大家都说'我们也不行，没关系啦'，所以我才去的，结果发现不行也是有区别的（笑）。"

---

① 英文名为Highball，一类鸡尾酒的统称，烈酒加上果汁或碳酸饮料，在日本餐厅极为常见。

"哎呀,这都是我们的台词啦。"

馆在拼命解释,西村还要戳破真相。小野在一旁夹起肉,大口吃着。

"我记得打篮球的时候,馆君还突然大喊了一声:'大家叫出士气好好打啊!'"龟石添油加醋。

"我明明打得那么烂。"馆苦笑着,一脸认真地做着灵魂分析,"不行的人,偏偏想努力去掩盖,结果只是徒劳呀!"

"哎呀,管他呢!"

大家一起干!

眼看着临近结束时间,龟石赶紧切换了之前"恶意调侃"的话题。她想开门见山地说GPS的案子。

"其实……我手上有个案子,警察在嫌疑人车上装了GPS来确认位置。"

5月23日之后,龟石没有和任何人说起这个事情,也没在任何人面前表露过她的态度。她也只是想在餐厅跟大家提一提这个案子,看看大家的反应。这时候她还真没想过邀请在场的小伙伴加入辩护团。

不过,不能立即和盘托出。龟石很重视这案子,要是大家的回应不是自己想要的,那种受挫感肯定掩盖不住。

"听起来不太好办。但还是要加油啊!"

她料想到会有这么消极的反应了,但后面还会有什么反馈呢?她边吃着肉,边说着无厘头的话,等待时机。

"我查了一下,2012年美国做了违宪审判。日本呢,福冈地方法院那案子，辩护律师提出'被安装了GPS'，但最后的判决倒没有对这个做判断。我也申请了好几次证据开示，不过没拿到什么有用的证据。后来我就想着赌一把，管他三七二十一直接说了。结果，前段时间，他们竟然承认装了GPS。"

龟石详细说了些案件的经过和现状。这群平常嘻嘻哈哈的小伙伴，听着听着表情变得严肃起来。

"这案子的论点有趣啊……"

三个人都这么觉得。

"我查了查日本这边关于GPS侦查的论文，感觉一半说属于任意措施，一半说属于强制措施，你们觉得呢？"

大家的讨论开始白热化了起来。

"没有令状吧？好像没这个不行。"

"强制措施是有条件的，'会侵害个人的重要权利和利益'，这种被侵害的利益，肯定属于个人隐私啊。"

"按照以往判例，已经造成了重大利益侵害的，就会被认定为强制，那这个装了GPS，也可以说是严重的隐私侵犯吧？"

和龟石一样，在场的所有人都缺少现场知识，经验也不够丰富，只能回忆着本科和研究生时代的知识点加入讨论。

"话说回来，行踪一直被GPS掌握着，什么时候去了哪儿都被监视着，也太恶心了吧。"

"是啊，真的让人受不了。"

"这个案子……好像和什么有点像。"

不知道谁想起了《关于为犯罪侦查而监听通讯的法律》，简称《通讯监听法》。这个法律适用于杀人、放火、拐卖、使用爆炸物、枪支毒品交易等有组织的犯罪，也允许侦查机关采取对通讯手段的监听。这种措施被划分为强制范围，必须拿到允许通讯监听的令状才能进行。

"如果通讯监听属于强制，GPS不也应该属于强制吗？"

"不过，那个属于通讯秘密吧？通讯秘密有宪法第21条①作保障。因为肯定会侵害重要的权利和利益，所以一般认为是强制措施，但是，GPS有没有侵犯隐私，要看有没有侵害到宪法规定的权利吧？"

然后大家又想到了京都府学联事件。1962年，京都府学生自治联合会（京都府学联）的游行队伍，冲破了游行允许的范围，带头队伍被巡查拍了下来。当时有学生为了阻止这一行为，用旗杆杆到了巡查的下巴，造成对方负伤入院治疗一周，结果被告上法庭。

被告主张无罪，理由是巡查没有获得拍摄对象的许可就随意拍摄，是违法侦查，被告的抵抗行为不构成妨碍公务罪。一审和二审都判定有罪，被告继续上告到最高法院，强调巡查的拍摄行为侵犯了肖像权，而且，没有取得令状也违反了令状主义原则。不过，最高法院依然认定拍摄没有违法，驳回了上诉。

"那GPS侵犯到的细节，比如时间、地点这些信息，和京都府学联案有什么不同？"

"京都府学联事件，只是在某个固定地点的某张肖像被侵害的问题，GPS是一直都在监视着行踪，这还不构成隐私侵犯吗？"

---

① 《日本国宪法》第21条内容为"保障集会、结社、言论、出版及其他一切表现的自由。不得进行检查。不得侵犯通讯秘密"。

"不过，对一般大众说要保护罪犯的隐私，肯定很难被理解吧？"

"这倒是。"

"但是强制措施不就是这么一回事吗？逮捕也是强制，搜查也是强制，原本我们就是要保护嫌疑人被怀疑时的权利和利益。"

四个人相互助攻，像是在组合猜谜游戏的线索一样。

龟石补充说："对对，GPS侦查绝对不是随随便便就能被允许的事情，拿了正式的令状还差不多。"

这群人都是一样的爱找虐，问题越复杂越觉得有意思，而且讨论新论点的时候基本不会有人泼冷水，不会说什么"这个想法不可能""之前有过判例不是不行吗"之类的话，反而都在大脑里找寻着能支持主张的信息。尤其是西村，对新论点的探讨最有兴趣。

"虽说福冈那个案子没放进判决，但这个案件里已经申请了GPS侦查得到的证据，绝对会拿来审判的，这可是日本第一例哦。"

"那可就不得了啦！然后呢？能争取无罪？"

激烈的讨论过后，对话回归冷静。

小野先开了口："我记得小启（西村的名字）之前拿下过无罪结案的官司吧？龟石和小野也有过吧？对了，馆拿到过没？"

打赢无罪判决的案子，对辩护律师来说是业绩勋章。能争取无罪的案子本来就很少，而且即便争取了，最后真的能判到无罪的就更少了。日本的刑事审判里，超过99%都会被判有罪。

"没有啦，我也打过一次无罪的。"

小野像是等着馆的这句话一样，顺口接了句：

"虽说不知道能不能打赢，但这次的GPS案子，要不要我们一起来打？让对方承认违法侦查，然后让馆来捧着胜利的花束，如何？"

然而这么提议的小野，实际上自己还没打过无罪的案子。

"不是，我是说，我也打过一次无罪的啦。不过，这次大家一起干，应该会很好玩。"

"小启呢，你怎么想？"

西村的工作环境比较严格，除了自己公司的案子，很难接外单。加上本身业务多，每天都很忙。

"挺好，那就干吧！是个有趣的案子，感觉还可以争取无罪呢。"

交流的方向渐渐趋于一起组成辩护律师团了，大家都起哄着说到时候让馆来拿着花。最后，还把辩护团取名为TTW（Tachi① True Win）。

组成辩护团

龟石此时庆幸，告诉他们真是太好了！

辩护律师通常在接到委托和商议时，会先想"胜算如何"，在此基础上，再打磨方案想着如何打赢官司。但没有令状的GPS侦查，到底是属于强制措施还是任意措施，目前从各种说法

---

① 馆的日语发音是Tachi。

来看是各有一半概率。如果在法庭上提出主张，能否朝着有赢面的方向走，结果因人而异。有的辩护律师并不想打难以预测的案子，可能会回复"是挺有趣的，不过我就不参与了"。但这群小伙伴听了龟石的话，竟迎头接下了任务。

龟石也开始认真思考如何和大家一起做这个案子。毕竟自己只是一个专耕刑事领域的辩护律师，容易陷入自己有限的知识和过往经验，以及刑事辩护的"常识"，考虑到辩论违法侦查的风险，如果在法庭上提出主张，结果很可能不乐观。这群小伙伴之所以对龟石的案子感兴趣，一定程度上，也可以说正因为他们对刑事辩护还不够精通才会如此，当然，也少不了他们本身好奇心旺盛的缘故，案子越有挑战性，他们的斗志反而越高涨。

龟石唯一懊恼的地方是，把朋友们牵扯进一件没什么报酬的刑事案件里。除了龟石，包括小林在内的四个人都属于民事案件为主的事务所。即便他们自己对案子有兴趣，但能不能加入辩护团持续参加后续工作，是另外一个问题。

"大家今天先不用急着回复我，也可以再好好考虑一下。"

龟石冷静地把热烈的气氛降了温。大家喝了酒，氛围炒得又热，很可能只是兴头上话赶话说出来而已。龟石希望他们清醒后，慎重考虑过再给她回复。

那天的收尾料理是店铺的招牌"火炙寿喜火锅"。薄切的里脊肉在火上单面烤十秒钟，蘸着搅拌开的鸡蛋液，像吃寿喜烧一样享用。龟石吃着蘸满了蛋液的特级里脊肉，心里轻松多了。终于把困扰自己的烦恼一吐为快，还得到了小伙伴的认可，像是得到了心灵呼应一般。

烤肉聚餐后的第四天，6月9日，龟石和成城大学法学部的指宿信教授取得了联系。

第一次和黑田见面后，龟石就围绕着GPS侦查的法律属性，搜索了刑事诉讼法学者的论文，全部下载下来读了一遍。其中最吸引她的就是指宿教授发表于2006年7月的法律杂志上，名为《GPS与犯罪侦查——高科技手段在跟踪监视时的使用》的论文。

指宿教授主要研究科学技术的发展对隐私的潜在侵犯。他还在美国进修过一段时间，在日本刑事诉讼法学者里，是最早发表了讨论GPS侦查法律属性的论文的人。这篇论文内容不仅涉及美国和欧洲对同类问题的态度及发展动向，还有美国学界的理论现状，信息十分详实，最终得出GPS侦查属于强制措施的结论，与龟石的想法完全一致。

而黑田的案件，很可能是日本国内首例关于GPS侦查法律属性的审判。龟石深知此案离不开刑事诉讼法学者的意见书，除了指宿教授，她想不到更适合拜托的人。可是，龟石与教授没有任何交集，自然也不知道对方的邮箱。再说，就算联系上了，大名鼎鼎的学者真的会搭理无名小卒的律师吗？

龟石在网页上看到了指宿教授的Facebook账号，斟酌再三，还是鼓起勇气直接给对方发了私信。比起瞻前顾后，不如索性搏一次，不行也就死心了。

私信里除了自我介绍和不停抱歉冒昧打扰外，龟石把自己负责的案件也简单介绍了一番，直入主题。

……关于使用GPS进行侦查，我搜索了美国的判例和国内的文献资料，然后拜读了教授的论文，了解到您认为这种侦查手段超出了任意措施的范围，需要拿到令状才能进行。基于此，我冒昧想请教授对鄙人负责的案件给出高见，如果有可能的话，还斗胆想拜托您来写本案的意见书，探讨侦查手段的违法性。唐突打扰，不甚惶恐……

龟石正准备点击发送的时候，看到页面上显示"发送到¥106JPY收件箱"的字样。原来，非"朋友"关系给指宿教授发信息要花费一百零六日元。龟石还是第一次知道有这样的操作，但她绝不会心疼这一百零六日元。输入了信用卡付款信息后，邮件发给了对方。

"希望可以收到好消息啊！"龟石心里默默祈祷着。

一个小时后，指宿教授的回信就发来了。

您委托的大意我了解了。如果和我的日程安排不冲突，可以面谈及讨论意见书事宜……

"太赞了！"龟石欣喜若狂，因为她感受到了教授对这件案子的兴趣。这样的话，意见书也有希望了。目前为止，这是最让人有信心的一件事了。龟石决定立即回复邮件表达感谢，并告知可以前往教授任职的成城大学拜访。时间定在了7月11日下午1点30分。龟石感到一切都在顺利进行中。

隔天是6月10日，龟石给那天聚餐的小伙伴，包括未出席的小林，群发了信息，题为"关于TTW辩护团的几个通知"。

"小贤可能还不清楚，我就简单说一下。前几天我们一起吃烤肉的时候，大家对我目前负责的刑事案件有兴趣一起做，于是就想着组成辩护团，因为期待着到时候'让馆来捧花'，就取名为TTW。"

龟石把案件的大概情况、审判的进展、指宿教授的论文内容，以及辩护团可能作为公益志愿者活动这些细节都写了进来，最后总结说："把我格外珍惜的好朋友们牵扯进这个案子里，几乎是做公益一样，我觉得太抱歉了，所以我也想再次确认大家的意向。期待你们的回复。"

最先回复的是小野。

"我对案子本身非常有兴趣，至今还没有参与过邀请学者写意见书的刑事案件，所以，即便是公益，我也非常乐意参加。看看其他小伙伴怎么说，我这边听龟石的安排。"

龟石立即回复。

"小野！太感谢你了！你愿意参加我就更有信心了！只要不耽误你平时的工作就好。"

接着表明态度的是西村。

"无法坐视不管，我愿意从头到尾尽一份力。"

馆的邮件也随之而来。

"我也参加！话说关于辩护团的名字，能不能另议？"

小林也表达了愿意参加的意思。这样，全员都表明了态度。龟石随后群发了邮件。

"谢谢大家！说起来，实习生时代，我们也是因为志愿活动而成为了朋友呢！"

龟石当天还去见了黑田，告诉他实习时代的四个朋友愿意协助参与辩护。黑田也很开心，由此，GPS辩护团就算正式组成了。

7月3日，龟石申请了一个辩护团邮箱，邮箱地址上自然少不了TTW这几个字母。

除了实习同期的五个人，因为福冈案子而认识的我妻路人也随后加入了辩护团，他是龟石在大阪公立律所低两期的晚辈。当时龟石琢磨着，要是再有一位精通刑事案件的辩护律师加入就更好了，就试着邀请了我妻。对方很爽快地应允下来，表示愿意参加。

"我是我妻。还请大家多多关照。"

我妻来自宫城县，高中毕业后没能考上理想大学，直接去了东京上班，做工程方面的工作。不过，干了大概两年半，他想上大学的念头越发强烈，还不知哪里涌起了想做律师的愿望，最终考上了独协大学法学部，又考了明治大学的研究生，和龟石成了相差两期的辩护律师。

我妻是辩护团成员里唯一的后辈，就想着自己要多做些基础性工作，才好给团队尽力。于是，回到大阪后，我妻再次入职了龟石所在的大阪公立律所。

第四章　找到证据

从被告被起诉到公审前的整理程序阶段，刑事辩护律师要做的工作主要是两大块。

　　一个是继续向检察官申请开示证据，仔细确认这些证据，以把握各项事实之间的关系。另一个是写"预定辩护意见书"，用来加强审判时主张的内容。当然，这份文件的完成与证据收集有着密不可分的关系。

　　向侦查机关提出证据开示申请，是刑事案件独有的工作。警察和检察官以被害人为中心，对相关人员展开案件取证，通过强制措施进行搜查，有时甚至不惜以扣押、冻结等手段来收集证据。检察官从这些证据中，选出能充分证明被告罪行的部分，以此作为审判证据，而其他证据并不会向辩方开示。整理程序过程中，辩护律师可以根据《刑事诉讼法》第316条第15项和第20项，提出"类型证据开示申请"和"主张相关证据开示申请"。这部分在前面已有提及。不过，辩方并不清楚控方有何种证据。实际上，所谓申请开示，是辩护律师必须准确推测有哪些证据在侦查阶段被控方收集到了。

但这个能力并非一朝一夕就能培养起来。辩护团成员里，龟石和我妻最熟悉刑事辩护，这方面的能力也就最为突出。龟石想，这些工作让其他成员来做也不会有什么效率，那就还是平时做顺手的两个人来负责吧，其他人可以做他们各自擅长的部分。

三件武器

控方承认安装了GPS终端后，龟石加快了收集证据的速度。虽说都是书面文件，但刑事辩护律师往往会使用几件"武器"与检察官进行战斗。

第一件武器是之前已经提到过的"类型证据开示申请"。"证物""证人的供述笔录""被告的供述笔录"等九种类型证据都属于此类，只要满足开示需求的重要性和恰当性，检察官就有义务进行开示。

辩护团在2014年11月4日提交了类型证据开示申请书后，收到了几个案件的侦查报告书，但没有一份提到使用了GPS终端。

为什么写有"GPS"字样的文件不公开呢——最直接的原因，可以在类型证据开示申请后得到的一份文件找到。这是一份警察厅的内部资料，题为《关于移动追踪装置使用指南的制定》，下达于2006年6月30日，但2011年12月29日规定有效期限延长五年。大阪府警察对黑田盗窃团伙进行GPS侦查的时候，这份文件还在有效期内。

这份通告规定了GPS侦查的目的和定义，使用GPS终端的条件、持续时长等，并且，通告最后对使用移动追踪装置进行侦查的情况，做出了"彻底保密！"的指示。

（难怪证据迟迟拿不到手啊……）

龟石在这个阶段终于明白，就是因为这个指示，即便拿到侦查报告书等证据，连GPS的"G"都看不到一个。而且在这份文件里，需要留意的三个细则的要点虽然列举出来了，但都被涂黑了。警察是顾虑什么才要隐瞒使用GPS的注意事项呢？龟石对此一头雾水。

刑事辩护律师的第二件武器，是第二章提到过的"主张相关证据开示申请"。辩方提出预定主张后，只要法院认定是能支持其主张的证据，检察官就必须开示。第一次提出预定主张后，检察官发回的传真里，确实承认使用了GPS。然而，龟石所要求的证据只字未提。

于是，龟石在辩护团组成后的2014年6月10日，第二次提出了主张相关证据开示申请。主要申请开示以下两点证据：

1. 与被告的分赃过程相关的侦查报告书及其他同类证据；
2. 与被告的行踪确认相关的侦查报告书及其他同类证据。

龟石提交文件十天后，检察官发回了第二份"针对主张相关证据开示申请之回复"。回复里开示了申请第二项证据的相关内容，但申请的第一项证据却以"暂缓回答"为由延期处理。

通常根据检察官对这两种开示申请的回复情况，刑事辩护律师必须采取进一步措施，这就是第三件武器："求解释"。

《刑事诉讼规则》第208条第1项明确规定："审判长认为必要时，可以要求诉讼相关人员予以说明，或者督促其进行作证"。"寻求"检察官的"解释"，就是"求解释"。辩护律师可以向主审法官提交"督促求解释申请书"（辩护律师也可以直接向检察官寻求直接解释，但与主审法官的情况不同，不属于《刑事诉讼规则》上规定的权利），请法官督促检察官进行解释，就是所谓的"督促求解释"。

辩护团多次分别向检察官和主审法官提交了"求解释申请书"和"督促求解释申请书"，2014年6月10日提交给检察官的第一份申请书里，针对以下六点要求检察官给出解释：

1. 安装了GPS的、黑田持有的车的车牌号；

2. 安装了GPS的、中野使用过的车型和车牌号；

3. 公布的车辆是否安装了GPS；

4. 有没有其他安装了GPS的车辆；

5. 安装的GPS终端的持有者、制造编号、安装位置、安装方法等；

6. 如何从安装的GPS终端获取位置移动信息。

辩护团通过这份申请书，就是否安装了GPS终端的问题向控方正面施压。检察官于6月20日发回一封文件，题为"针对求解释的回复"。其中就第1、2、6条给出了回答，但第3、4、5条再次以"暂缓回答"为由延期处理。看来，即便正面出击也依然无法顺利拿到GPS侦查的证据。

另外，这份文件还对GPS的有效性进行了贬低性的陈述。"画面上只有大致地图模样""误差达到数百米甚至数公里""就算GPS发射器的位置没有变化，再次检索时显示的位置也会发生改变"——这简直就像在说辩方在无理取闹一样，既然GPS得到的位置信息如此不靠谱，这么追究下去根本就是徒劳。

一进一退

书面文件背后，"静悄悄"的战争仍在继续。

辩护团于8月4日提出了第二份"求解释申请书"，要求控方说明，侦查报告书里记述的盗窃团使用的六辆车里，是否安装了GPS终端。这是又一次正面施压的寻求解释。

9月30日，控方给出了回答，承认了在盗窃团使用的六辆车上安装了GPS终端的事实。在此基础上，对前一次解释"暂缓回答"的第3、4、5条，也回复了其中的第3、4条。这次的回复里，控方第一次承认在"与黑田有关系的人的车辆"上安装了GPS终端。有关系的人是指黑田的亲近熟人，并非盗窃团成员。

然而，控方对最关键的第5条拒绝做出回答，理由是这属于"侦查上的秘密事项，做出回答可能会造成较大的恶劣影响"。显然，其实回答了也没什么不利，但控方在回避关键事实，做延期处理。检察官和刑事辩护律师之间令人紧张的心理战愈发激烈。

对辩方来说，如果不知道侦查使用的GPS终端的合同编号，就无法根据"23条照会"从提供GPS服务给警方的SECOM①公司获得大阪府警察掌握的位置信息记录。"23条照会"是在《辩护律师法》第23条第2项的基础上，为了让辩护律师协会调查、照会企业等团体的必要事项而设立的制度。如果无法明确大阪府警察通过哪个GPS终端、何时、以多高的频次获得了嫌疑人的位置信息，就无法提出这一措施侵害到重大权利和利益的理由。

辩护团在10月20日向法院提出了新的"督促求解释申请书"。这次辩护团试图让控方做出回答的，正是此前控方一直拒绝回答的关于GPS终端的拥有者、产品编号、制造商名称、商品名称等信息。

根据这份申请书，法院经过讨论，最终做出了要求控方给出解释的指令。只要法院给出了指令，检察官就难以拒绝开示。这次，检察官几乎满足了辩护团的所有要求，提供了GPS终端的拥有者、合同签订方、十五台终端的合同编号等清单。根据这份合同编号，辩护团于12月24日执行了"23条照会"，第一次接触到大阪府警察掌握的位置信息。

这是向前跨越了一大步，但辩护团仍要乘胜追击。跨年后的2015年1月9日，他们又发出一份"求解释申请书"，寻求四点解释。其中比较重要的是以下三点：

1. 控方称侦查时使用了十五台GPS终端，但实际上十九部

---

① SECOM株式会社成立于1962年，是日本第一家安防公司，现为日本最大的安防公司，同时也是全球布局的安防集团。

车上有GPS,请解释其中的对应关系;

2. 请开示GPS终端在各车辆上的安装日期、安装人的姓名、安装地点、安装位置、安装方法、拆卸日期、拆卸人的姓名等;

3. 在《移动追踪装置使用指南》的使用条件里,明确规定了只能用在"嫌疑人的使用车辆",但实际情况是,警方在嫌疑人的熟人车辆上也安装了GPS。这是否符合使用条件呢?

　　两周后的1月23日,检察官给出的回复是,"关于第1、2条,计划在举证阶段,在允许范围内公开"。看来检察官在想尽一切办法不开示有争议的证据,以便敷衍了事。但不弄清楚这些的话,就很难把SECOM公司得到的位置信息记录和具体车辆对应上,如果无法对应,就不能揭露侦查的实际情况。辩护团又一次向法院提交了督促求解释申请书,提出"请立即给出解释,而不是等到举证阶段"。要判断GPS侦查的法律属性以及是否违法,必须通过GPS侦查讨论出究竟侵害了谁的权利和利益,侵害到了多大程度。审判的证人询问上,辩护律师会进行反询问。如果不了解实际情况,也很难进行有效的反询问。

　　然而,控方的态度仍然很强硬,2月27日的回复里,以"求解释事项的每一条都无需给出解释"为由,果断拒绝了。

　　"岂有此理! 真生气!"龟石在当天的群聊里忍不住喷道。

　　面对龟石的怒气,小林冷静地回复说:"看来他们是不想回答呀! 但我们又想让他们回答,我们试着换个方法吧。"

　　过了一会儿,小林再次给大家群发了信息:"仔细想想,这也是法院在求解释吧。法院明明已经认可了解释的必要性,我们还是只得到了这种回答。看来我们得好好盯着法院的回应。"

之后到了整理程序的环节，大家终于明白了控方态度强硬拒绝解释的理由。进行到关于求解释的说明阶段时，检察官不情不愿地坦白了。

"我们确实不知道啊。警察已经把侦查资料处理掉了，我们想回答也没办法啊。"

（怎么可能！）

龟石的直觉觉得这不可能，但她没有说出口。

通过书面文件收集证据已经触碰到天花板了。至今，辩护团已经提交了三次开示类型证据申请，五次开示主张相关证据申请，三次求解释申请，两次督促求解释申请，共计十三次申请。从控方拿到的证据，加上最新争取到的，装满了三个大牛皮纸箱，可是，仍然没有让人信服的内容。

毒树之果

辩护团决定使用第二个方法——强化审判的主张内容，好好打磨预定辩护意见书。为了做好前期准备，龟石先彻底调查了手头的证据，边阅读各类文献资料，边寻找着往判例。

早在辩护团成立之前，龟石就提交了两次预定辩护意见书。第一次不管三七二十一，押宝似的交了出去。那次她质疑了GPS侦查以及放线侦查的违法问题。一周后的4月28日，她第二次提交了预定辩护意见书，提出警察在侦查期间使用视频录像等秘密拍摄的行为侵犯了隐私权，违法收集的证据不具备证据效力，不应采用。

两次的预定辩护意见书里，龟石提出的"三个违法""排除证据"等论点，也是辩护团贯彻始终的主张。主张的提要如下所示（严谨起见，以下①～④论点在下一节"责任分工"中会以更具体的形式列出，但为了便于理解，此处先简单小结）：

① 长期进行"放线侦查"的违法性

盗窃团2012年在长崎作的案，已经让长崎县警方拿到了拘捕令。但警方并没有拘捕，而是展开了放线侦查，甚至安装了GPS以掌握行踪。在明明可以随时拘捕的情况下，却坐视嫌疑人犯下了更多罪行。

警方很可能是有意为之。根据盗窃团的作案情况，平均每次作案会造成数十万日元的损失，按这个金额进行逮捕，并不会判得很重，还有可能缓期执行。于是警方故意让盗窃团累积案件，等待损失金额达到大额级别。在此期间，警方也一直在侦查收集证据。这就是真实情况。

② 长期用隐秘摄像机进行连续的秘密拍摄，侵犯了隐私

大阪府警方在盗窃团的大本营放置了监视用的固定摄像头，同时在共犯的某公寓八楼住宅对面放置了摄像头，可以拍摄到正面玄关入口处。此外，警方除使用GPS跟踪盗窃团之外，还使用了手持摄像机进行拍摄。

警方以了解家庭成员为借口，拍摄了黑田未入籍的妻子住宅内的晾晒衣物。在停车场拍摄了共犯换衣服的场景，以确认身体某处纹身。此外，警方还对共犯住宅的邮筒内部窥探拍摄。在持续了至少四十九天的时间里，警方累计进行了长达四百小时的秘密拍摄。

③ GPS侦查的违法性

GPS侦查无法避免侵害个人的重大权利和利益,在法律上属于强制措施而不是任意措施,也就必须取得令状。无需赘言,令状是法院允许侦查机关进行强制措施的书面文件。大阪府警在没有取得许可的情况下进行GPS侦查,是违反了令状主义原则的违法行为。

然而,即便被判断为强制措施,接下来出现的问题就是,《刑事诉讼法》哪一条规定了,可以通过有令状的GPS侦查实施拘捕。

《刑事诉讼法》规定的令状有"拘捕令""鉴定处分许可令""拘留令""搜查扣押许可令""勘验许可令"等。《监听通讯法》里规定有"监听通讯许可令"。原则上,即便取得这些令状,没有事先提醒也无法实施强制措施。

侦查机关向法院申请下发令状时,必须同时提供下发令状最基本的"阐明资料"。法院只会给阐明资料恰当的申请下发令状,侦查机关有了令状才能实施强制措施。反过来,没有拿到令状,自然也无法执行强制措施。正因为强制措施会侵害个人的重大权利和利益,所以才必须格外慎重,这种做法与思维就称为"令状主义"。

那些主张GPS侦查属于强制措施的刑事诉讼法学者,也倾向于GPS侦查可以通过"勘验许可令"进行。勘验的定义是,对地点、物品、人这些对象的形状与状态,发挥"五官的功能"进行观察后做判断。具体来说,现场对证、验尸、身体检查等都属于这一类。然而,"利用五官去观察"这种极其暧昧的定义,在实际运用当中很容易被暗箱操作。

原本,通过勘验许可令来实施GPS侦查这一点,就有点说不过去。GPS侦查是对人的位置信息进行持续的、全方位的掌控,但在《刑事诉讼法》上,勘验是"仅有一次的措施",这在本质上有很大区别。

实施GPS侦查之前,还要想好各种前提条件,比如"安装何时开始、何时结束""收集的数据之后怎么处理""与罪行无关的部分如何解决"等。然而,GPS侦查的对象和犯罪类型每次都不同,这些条件不一定都成立。

之所以要专门设立《监听通讯法》这一全新的法律,也是源于有了监听通讯许可令之后,仍旧需要详细设定各种特殊情况的前提条件。正是各类案例的情况不同,才推动制定了新的法律,规范了下发令状的前提条件。辩护团的主张是,"GPS侦查属于强制措施,不能通过勘验许可令实施"。在此基础上,辩护团还表达了一个想法,希望像制定《监听通讯法》一样,制定关于GPS侦查的新法律。

④ 违法收集的证据没有证据效力

辩护团认为,警方在前述①②③三个方面的违法程度极为严重,而且,得到的证据与违法侦查有密切关联性,也就不具备证据效力。

《刑事诉讼法》第319条第2项明确规定,"不论被告是否在审判庭上作出自白,他的自白是对自己不利的唯一证据时,不得认定被告人有罪",自认有罪也是同样处理(参见同条第3项[①])。

---

① 《刑事诉讼法》第319条第3项规定,前两款的自白,包括被起诉的犯罪嫌疑人自认有罪的情形。

有罪认定必须在自白之外，得到其他勘验判定有罪的证据（补强证据）作为补充，这叫"补强规则"。根据这个法则，即使黑田承认了所有罪行，如果其他证据都是由违法收集得来的而被排除有效性，他就不会被判定有罪。也就是说，检察官请求调查认定的证据如果被法院排除，黑田就有可能被判无罪。

这种思维方法一般被称为"毒树之果理论"。

一旦违法侦查得到的证据失去了证据效力，《刑事诉讼法》上还有一条"排除违法收集证据法则"，即，不仅违法得到的证据失效，通过违法收集的证据而进一步得到的其他证据，也一并被法理否定了证据有效性。打个比方，最初违法收集得到的证据就像"毒树"，派生证据就是毒树结出来的"果实"，所有染上毒的果实都会失去证据效力。而为了证明这一点，必须把从检察官那里开示得到的海量证据进行整理，排列出树形图，明确违法侦查收集到的证据和其派生得到的证据之间的关联性。

责任分工

辩护团决定对①至③三项违法点和④排除证据的重要度分别进行确认。大家在会议室到齐后，龟石迅速进行了重要性的排序。

"放线侦查的重要性，应该是B-或者C吧？"

她在白板上写上"放线侦查B-or C"。辩护团考虑的是，放线侦查属于任意措施，一旦查清事实，是否违法尚有讨论余地，判定违法的可能性比较低。

"秘密拍摄和跟踪监视侵犯了隐私,应该是B吧?"

龟石写上"B"。拍摄到邮筒里,还拍了晾晒的衣物,和在大马路上拍行踪完全不同,很明显侵犯了隐私。不过,从违法程度来说的话,这一点很大可能被认定为非重大违法,即使被认定为违法,就排除证据的效果来说作用也不算大。

"GPS非常非常重要。这个论点属于A+级别。不,我觉得还可以多加一级。"

龟石在白板上写下"A++"。GPS侦查的违法性是最关键的争点,如果在法庭上不能辩赢这一争点的话,那一切都没了意义。

"最后排除证据的树形图。这也很重要,A+吧?"

福冈地方法院那起违反《兴奋剂取缔法》的案子,当时法院说"GPS侦查与证据没有关联性,不对侦查的合法性做审查"。这种做法有"逃避"问题的嫌疑。也正因为如此,这次必须要理清楚违法侦查和证据之间的关系。这一点的重要性,完全不输给GPS侦查。

罗列出所有论点的重要性之后,龟石问辩护团成员们:

"那,我们来分工吧? 有没有谁想负责哪个论点?"

小林和西村最先给了回应。

"我想负责GPS。""我也是。"

关于GPS侦查违法性的主张,是辩护团最重要也最难的论点。对这两名候选人,大家都没有意见。

小林拥有团队里一致认可的学者风范,也是辩护团的理论支柱。回想当年极为惨烈的司法考试备考阶段,很少有人能把每一个领域都平衡掌握，常常顾此失彼。但小林看书的时候，竟然常常入迷到感慨"这本书有意思""写这书的人也太好玩了吧"。他好像更多出于爱好和趣味在学习，而不是功利心，知识面也自然而然地拓宽加深了。做了辩护律师后，他依然会阅读很多不同领域的东西，不管和自己的案子有没有关系，就这样慢慢成了博学家，说话也很有说服力。

西村和小林一样是理论实力派，但他不像小林那样从一个点衍生出更宽的知识面、"打破砂锅查到底"，而是更执着于解决眼前的问题和课题。但是，他一定会把手头上的材料研究彻底。这种高质量的思考积累多了之后，他常常能闪现出永不枯竭的灵感。如果说小林是学者类型，那西村就可以称为天才型选手。他也很少刻意与人打交道，以前读法学研究生的时候，总是最后一个到教室，一下课又第一个冲出去。龟石曾和西村做过半年同桌，共修了一门课，但半年里几乎没有说过话。不过吧，一旦到了较真的时候，他又特别认真，好像在掩盖自己害羞的本性一样。后来龟石和他熟了，交往深了才看到西村身上调皮的少年本质。

"明白了！那GPS让小贤和小启来负责吧！"

决定了最主要的部分后，馆才举起手说："那，我来负责树形图吧。"

做树形图是一件比较枯燥的工作，在没有方向的情况下精确筛查所有证据，再找出彼此之间的关联性。馆本身属于吃苦耐劳的类型，最适合做这个工作，这也是大家默契一致认同的。做司法实习生的时候，馆细心又刻苦，即便是烦琐的工作他也不抗拒。虽说嘴上会抱怨，但他很会为别人着想，有什么事情拜托他基本不会被拒绝。大家心里都清楚，要是没有馆这种默默助力又做事靠谱的人，团队的效率绝对会大打折扣。所有人包括他自己都知道，他是个"被欺负的角色"，反正不管别人怎么说，他都能扛得住。不过也因为常常做总结发言，他自己也觉得有点"爱出风头"。

"馆做树形图的话，我也一起做吧。"

小野接了话。小野在小伙伴里基本被评价为"不露锋芒的人"。他没那么固执己见，但也不会一言不发，在处理人际关系方面极有天分。虽然年龄最小，反而最能平衡团队，有着稳定器的作用。他情绪稳定，哪怕是难听的话也能说得悠然婉转。不过，正是因为他外表看着稳重踏实，待人接物又温和，哪怕是说出针锋相对的话，也很难让对方提高戒备，产生敌意。综合全员来看，整体最出众的还是小野。可最厉害的人往往也最谦虚低调，所以也有人评价他"存在感较低"。虽说潜力出类拔萃，但缺少一股往前冲的狠劲儿。

"大家等一等。大家好像光顾着挑走有趣的论点了。"

龟石明白目前的分工并无不妥，但还是忍不住想抱怨几句。

"剩下的两个论点，在法庭上不做主张如何？"

"不行，这两点也非常重要。"

"大阪府警察的做法十分过分。"

对这四个人表里不一、漫不经心的态度，龟石有点生气。

"……那剩下的只能是我和我妻来做了。"

"拜托你们了。"

微妙的客气腔调，反而说明了他们其实没有在认真回答。

但是，针对警方的放线侦查和秘密拍摄侦查这两点的违法性，也确实不得不提出主张。

"那就只能这样了。虽然有点扫兴，但我来负责放线侦查，我妻负责秘密拍摄吧。"

虽说在会议上吐露了不满，但龟石一早就下了决心，"大家不积极主动的工作必须自己来做"。收集证据的案头工作，是个需要专注力的活儿，有刑事辩护的经验，做起来并不难。和黑田的会面要一周去一次，但龟石一开始就负责这部分，做起来也快。剩下的，只能期待队友们能把关键论点吃透，把相关书籍和论文看透，把已有判例研究透，再发挥各自的聪明才智了。

原本，在针对GPS侦查的法律属性这一论点的探讨上，龟石很早就明白自己不如小林和西村。把不擅长的委托给队友，自己接下其他工作，也能让他们全力专攻自己的课题。龟石经历过好几次辩护团活动，对如何做好一名领导，还是颇有心得的。

在会议上说放线侦查的违法性和秘密拍摄侵犯了隐私"没必要在法庭上主张"，并不是龟石赌气。只是刑事辩护做得越多，就越明白这两个论点是很难拿下的主张，很容易在半途产生"这么做是徒劳吧？""要在这儿浪费时间吗？"的念头。但龟石不想轻易妥协，于是就单刀直入地提出"这种做法不太对头吧？"的质疑。

2014年8月7日的辩护团会议上，大家的分工任务敲定下来。下次会议是9月2日。在这之前，每个人的功课是搭建自己负责的主张框架。

辩护团内部的攻防

话虽如此，到会议当天完成框架的，只有龟石一个人。

"你们要等到什么时候再做？！"

龟石对五个人直接放了狠话，不过小林一点也不发怵，无视龟石的愤怒直接反驳道：

"我这还没熟悉起来呢，再说了，脑子里已经满满当当的了！"

学者形象的小林，平时多给人认真和不擅交际的印象，可一旦切换语境，还挺霸气。西村也添油加醋："还不到我们出场的时候吧？要是你说一句'写'，我们一天五十页也写得出来啊！"

龟石对这两位的强势反攻，毫不迟疑地迎战而上："那只是在你脑子里啊，你不给我们看，怎么讨论？你什么都不写，我当然不知道。"

二人毫不示弱，异口同声地掉转矛头："问题是，没有树形图，法院也不给我们做判断啊。"

龟石的表情瞬间变了。

"对哦，确实。树形图可以早点做出来吗？"

龟石的目标一下子切换到了馆和小野这边。成功转移了矛头的小林和西村，此时暗暗窃喜。

"哎？是我的问题吗？"突然被攻击的馆并不打算沉默应战，"简单说吧，做树形图可没这么容易。"

馆已经浏览了所有证据，每天都泡在琐碎的工作里，从一个证据到另一个证据，通过关联性再找到另一个证据。所有工作结束之前，树形图根本出不来。而且，光主张侦查违法还不算完，必须通过排除证据法得出无罪结论。证人的供述笔录这种证据，和违法侦查的关联性相距甚远，必须做出树形图的视觉效果后才能看到其和GPS侦查的关系。为此，馆泡在已开示的庞大证据里，逐一检查，工作量让人绝望。

更添乱的是，目前还没展示出所有证据，辩方不提出请求的话，控方就不会开示。如果证人的供述笔录无法摸索出更多证据，就得老老实实地一直申请开示证据。可是馆的刑事案件经验尚浅，根本预测不到侦查机关拿着什么样的证据。龟石相信馆，知道他已经很尽力了。

"那，小野最近在做什么呢？"

小野和馆是完全相反的类型，一旦行动就会集中爆发做出高质量作品，但不到最后时刻他肯定不动。

"啊，馆很努力，不过，我也读了很多证据啊。"

打太极是小野的另一个拿手好戏。

而我妻呢，最大限度发挥了后辈的特权，好像顾忌前辈的面子似的，一言不发。但实际上他并不是做了很多而故意低调，只是和其他人一样什么都没做罢了。龟石心里一清二楚。

"嗯……我妻来了吗？"

"啊，我在……"

我妻既不能像龟石的几位同期伙伴那样开玩笑敷衍，也不能睁着眼睛撒谎，只能扭扭捏捏地语无伦次。

龟石虽然一个个责怪了一遍，但并没那么闹心。这次的辩护行动也许是耗时几年的长期战，很难从头到尾保持高度注意力。从现实来说，也基本不可能。其实，这种中途松懈、注意力涣散的时刻，能毫不顾忌地说出各自的情绪，反倒是这个团队的优势。通常临时组成的辩护团里，大家很难直言不讳。但不说出来更容易变成压力，最后转化成队友之间的不愉快，不愉快又进一步升级成压力。

而这次的辩护团，哪怕龟石责怪生气，大家也基本上不回应。小林和西村每次开会前都先商量好对付龟石的策略再出席。

"今天肯定又要被龟石逼问了。"

"是啊，今天可怎么圆过去好呀？"

这两人对龟石的穷追猛打，已经形成了好几套应对方案。

"那，今天就说'还在熟悉阶段'吧？"

此外，还有"脑子里已经有了想法""马上就能写出来不用担心""只需要写出来就行了"之类的借口，循环着使用保平安。

龟石对他们寄予了从里到外的信任，但作为团队老大，容不得一点马虎。再说，提高团队士气也是领导的重要作用。第二天，龟石给大家群发了信息以示提醒：

"谨慎起见，我和大家确认一下下次开会前要完成的事情。馆和小野组合负责开示类型证据申请书和开示主张相关证据申请书。在修改第一份证据意见书的基础上，完成第二份意见书。还有，来大阪公立律所借《毒树之果论》，认真研读。"

"我妻继续深入研究大框架，详细写出主张。求解释和申请开示证据的必要性也要一起研究。辩护律师要申请的证据也需要研究。"

"小贤和小启分队，继续熟悉案件。"

合议审判

辩护团成立七个多月的时间里，先后提交了四次预定辩护意见书。加上龟石之前单独提交的两次，共提交了六次。

第三次是2014年10月31日提交的，这次主要提到了放线侦查和秘密拍摄。第四次以纲要式内容提出，写得相对简单，之后2015年1月13日提交的第五份预定辩护意见书，一共有二十八页，还第一次加入了树形图的内容。这次的重点内容是提出了侦查的重大违法性，以及检察官举出的证据与违法侦查手段之间有极强的关联性，应予以排除。

2014年12月5日，在第十次公审前整理程序的收尾阶段，法官说"下次开始进行合议庭审判"。龟石表面淡定，但心里已经快要兴奋地叫出来了。

通常来说，在法律上，杀人放火这种量刑严重的案件才需要三位法官一起合议进行审判，这叫法定合议。重大犯罪案件之外的案子，在地方法院一审的时候，只需要一位法官审判，如果争点复杂，或者涉及法律解释上重要的论点，斟酌决定后也可能成为合议案件（裁定合议）。这次的GPS审判能变为合议庭，足以说明法院的重视程度。终于，一直在暖场阶段的小林和西村，可以正式出场了。

当然，西村也不是一直闷声什么都没做，本来这次的案子的争点就没有定论，公开的学者论文也不多。对西村来说，几乎是要从零开始构建论点，这确实是个无法回避的难题，着实令他烦恼。

当时,在日本的刑事诉讼法学者里,围绕着GPS侦查的法律属性主要有两种声音,分别认定其属于任意措施或者强制措施,且支持强制说法的人大多是依据"程度论"。也就是说,偶尔一次获取位置信息不算构成侵犯隐私,但长期掌控位置信息一定会触及极其私密的地点,所以强制措施的说法居多(另外,还有一种说法是"根据时间长短和记录储量来判断GPS侦查的性质",在学术上也被称为"马赛克理论"。类似于组合马赛克碎片来拼出壁画的过程,本书将"程度论"与"马赛克理论"视为一类)。但其实只要拿到一次位置信息,就很有可能造成重大的隐私侵犯。这样来看,一次GPS侦查不算强制措施的说法依然是难以成立的。辩护团内部一致认同实施一次就是强制措施的说法,这一点也是辩护团的主张方针。问题是,持这种说法的学者目前极少,辩护团无法从现有的学术研究中找到依据,必须转换思路才能说通自己的主张。

学者气质的小林自然也不会两手闲着,每天都在博览文献和判例,深入思考。《刑事诉讼法》第197条写着,"为了实现侦查的目的,可以进行必要的调查。但是,本法没有特别规定的,不得进行强制处分"。这就是"任意侦查原则"。强制措施说到底仍旧是特殊情况,不得在法律规定的范围以外使用。好巧不巧,法律上并没有对GPS侦查性质做出判定。

但在此之前,一直有GPS侦查属于强制措施的论点。虽说不是在法律上规定的,但最高法院曾经在判例里对强制措施(强制手段)的定义做过这样的说明,"压制个人意愿,对身体、住所、财产等强加约束,以强行达到侦查目的的行为,在没有特别的规定作为依据的情况下被视为不恰当的手段"。被GPS侦查措施盯上的人，行踪基本等于全透明，毫无疑问会侵害重要的权利和利益，因此可以推出GPS侦查是强制措施。小林参照最高法院公开的定义，以此为理论依据，不断思考如何证明GPS侦查这一新的侦查手法属于强制措施。

小林和西村还在暖场的阶段，把任务交付给二人的龟石有一次对有关GPS侦查的主张表露了不安。她在群发的信息里说："我们把GPS侦查性质全部赌在强制措施真的没问题吗？确实，从它和排除证据的关系来看，必须要说是强制措施，但我们的主张里，认可度最高的不是GPS侦查属于违法这一点吗？'就算是任意措施也不行'这个论点，真的不用提吗？"

龟石之所以提出这样的疑虑，是为了应对法院做出"任意措施"的判定，只提出"因为是强制措施所以违法"的论点并不充分，提出"就算是任意措施也违法"的说法才更"保险"。

对龟石的担忧，西村斩钉截铁地作了如下回复："我认为有三个理由不必提出GPS侦查是任意措施。首先，如果用内部与外部（比如家里和家外）来区分是否属于隐私，某种意义上是会比较容易获得理解，但是这会增加让法院认定成强制措施的难度。目前来看，我们要拿下强制措施的主张本来就很难，在这种情况下再提出'就算是任意措施'的主张，就极有可能直接被判定为任意措施。从我们的角度来说，坚持主张'肯定是强制措施'会更好。所以我们必须突破刻意区分内部和外部位置信息隐私性质这种思考框架。其次，即便不主张任意措施，也可说明张GPS侦查的具体实施情况，我认为这一点在审判的时候会给予相应的考量。再次，具体的事实关系还没有完全确认，但就本案性质（有组织、大规模、多地犯罪）而言，要说侦查的必要性和侦查的违法性哪个更重要，其实是难分高低的，拘泥于追究这一点结果可能不会朝着我们理想的方向进行（当然这一点和前一点的指向有矛盾）。"

小林也接着西村的话说了下去："也有学者认为，最好提出强制措施违法但任意措施也违法的双重结构主张。这种主张以'程度论'为前提，也就是GPS侦查的法律性质受侦查实施时间长短和记录存储量影响。我了解到这些后，就觉得理论上还要被时间左右这一点难以理解，'就算是任意措施'什么的，如果不能帮到排除证据的话根本就没有意义。预定辩护不提出积极坚定的方针的话，也很难让法院认真对待吧。"

龟石回复道："原来如此……就算辩护律师只主张强制措施，也可能被法院判定为'虽然是任意措施但也违法'。这么来说，我们只主张强制会更好。"

小林和西村再次统一了战线。

"本来，GPS安装五分钟还属于任意措施，但五分零一秒开始就属于强制了，这在规定上也太死板了吧？"

小林和西村阅读了各类学者的论文，对各种说法做了深入研究，边参考边吸收，有条不紊地搭建自己的理论框架。因为这项工作，两人的联络也变得频繁起来。

"不知为啥，一去想这是不是任意措施，脑子里就会冒出'是公路啊，所以不涉及隐私啊，和跟踪没区别'这类的念头。"（西村）

"西村的问题意识里，GPS和跟踪不同这一点，还有隐私其实不分内外这一点，都特别重要，我觉得必须写进预定辩护意见书。本案的问题点是隐私的性质（不是从外观判断，而是从思想和信念层面），我觉得有必要在开头着重强调。我们把这些加入框架，重新再来一遍吧！（笑）"（小林）

"如小林老师所说，我也认为有必要一开始就强调隐私的性质。至于GPS和跟踪的区别，我一时还没想到很好的理由，我抓紧赶出来！"（西村）

小林和西村2月27日完成了最后一版预定辩护意见书，加入了关于GPS侦查违法性的主张。共计四十九页的内容贯彻了辩护团的一贯作风，没有一句暧昧。

完成后，小林和西村在群聊上开始相互安慰。

"辛苦了！"（小林）

"我们的任务总算结束了！"（西村）

刚说完这一句，龟石插话了："喂喂，还没结束哦！接下来要准备询问的部分了！"

去借GPS！

2015年1月23日，正是辩护团筹备预定辩护意见书的关键阶段，共犯大川道二的公审也开庭了。三名共犯里，中野武和吉泽雄太并不打算争论GPS侦查的违法性，但大川表明了态度。这次公审的证人询问里，警察滨本健司等两人出庭，他们也计划出庭黑田的公审。辩护团全体旁听了证人询问，想看看他们会提供什么样的证词。

警官可以自由发言，也就可以在表达上把GPS的精确度压到最低。

"GPS获取的位置信息，只是大概而已。"

这很明显和事实不符。

"警察竟然会这么说！"

"别撒谎啊！"

听到警察的证词，辩护团每个人都恼怒极了。

四天之后，大川的案子进行到了"决定是否采用证据"的环节。

法院基于检察官申请认定的证据，以及辩方申请认定的证据，确认各自的事实。在认定的事实基础上，根据法条做出是否有罪的判决，有罪的话会判决量刑。在法庭上进行证据调查和判决的过程，就是"公审"。

法院下达判决时，必须决定采用哪些证据，以及不采用哪些证据。通过证据来认定事实，就是"决定是否采用证据"。如果检察官申请认定的证据是违法侦查得到的证据，就会被认定为没有证据效力，控方的证据认定申请就会被驳回。

在涉及GPS的案子中，最大的争点就是GPS侦查是否违法，其程度是否严重，以及GPS侦查得到的证据是否有证据效力。

这次的"决定是否采用证据"环节，法院最终做了如下判断。

"GPS侦查属于任意措施。实施GPS侦查有一定的必要性和紧急性，性质合法。因此没必要排除证据。"

龟石辩护团的初次公审定在了两个月后的3月。虽说准备得还不是完全令人满意，但也从控方那里挖出了充分证据，足以掌控GPS侦查的实际情况。完成辩护意见书后，也基本搭建出了GPS侦查法律属性的理论框架。根据"23条照会"，他们也拿到了侦查机关获取的位置信息记录。仅凭这些，只要主张搭建好，他们还是有信心拿下和大川公审完全不同的结果。话虽如此，初次公审前收到"GPS侦查属于任意措施，所以合法"的审判结果，也是无法改变的现实。当天夜里的群聊里，龟石自然非常愤慨。

"这个判决真是无法理解！不过从证据关系来看，这个结果也是没办法啊。我们争取不要再次变成这样！"（龟石）

"是太苛刻了。看来我们的审判里还得提供更多理由恰当的证据，来争取判定为强制啊！不然，我们去借个GPS吧？"（西村）

西村想要要是给法官看实证，就会让人真实感受到GPS是怎么回事，于是提出了这个想法。

"借得到的话应该更有胜算吧？"（小林）

"应该是吧。所以，我们还得搞一次针对敏感位置信息的出行。"（西村）

"难道要装在我身上做测试？太讨厌了！"（龟石）

"那，就不在龟石那儿放置磁铁了。其实，我就是想装在车上，看看到底是怎么操作的。"（西村）

"这还行。做测试的话可以签一个月的合同，好像也就一万日元。我们周末找两部车试试？一部装GPS，一部跟踪。"（龟石）

"还做跟踪吗？"（西村）

"有跟踪才能知道GPS信息到底能不能管用啊。"（龟石）

"这样子。用我和馆的车吧？"（西村）

"收到。就用馆和小启的车吧！总之，大家先把这个事情写

上日程,拜托把时间空出来。"(龟石)

"你们就这么随便决定了用我的车嘛!好吧,计入日程。"(馆)

"计入日程。"(我妻)

"我来晚了,这个事情知道了。"(小野)

"记上了。确定了是2月14号早上对吧?"(小林)

"感谢各位!我们就2月14号行动吧。拜托馆和小启准备好车。我去和SECOM签合同。麻烦我妻准备摄像机。小贤就把你那台很贵的照相机带来吧。拜托小野带来纸笔等文具。"(龟石)

"收到。好像小野最轻装上阵!"(西村)

"收到。那我把事务所最好的文具带过去。"(小野)

"我觉得是不是先分好工?然后,确定一开始集合的地点就行,之后GPS分队的路线可以当天临时决定,要对跟踪分队保密。"(馆)

公审开始前一个月,大家出动做了一次GPS实证实验。

GPS实证实验

西村作为提案人,制订了实施计划。因为是提交给法院的证据,必须有足够可信度,所以要格外重视实验的目的和方法。

目的有两点。第一,测试GPS终端的精确度,求证掌握、锁定敏感位置信息的可能性。把安装GPS的车停在事先选择的几个地点,搜索其位置信息,进而确认地图上是否能锁定位置。第二,确认跟踪丢失的车是否有追回的可能性。跟踪车辆通过搜索GPS车辆的信号,继续跟踪视线范围以外的车辆。

具体来说，主要做以下三点测试：

1. 位置信息的精确度

   不同条件下，会发生多大程度的误差。或者，会造成搜索失效。

2. 高速移动

   GPS是否能准确捕捉高速移动的车辆。

3. 自由移动

   利用高速公路从大阪开到京都。从京都开始，GPS车辆不提前告知目的地自由移动，确认跟踪外行是否能依靠GPS的位置信息再次跟踪上目标。敏感信息位置目前仅确定了医院、宗教场所、拘留所，但具体的医院、宗教场所和拘留所可随机决定。

2015年2月14日，晴天。当天早上，大阪的最低气温骤降到一点五度，寒意逼人。最高温度也只有九度而已，加上狂风大作，体感温度就更低了。辩护团上午10点在大阪拘留所的停车场集合。周围没有高层建筑。能停放十六辆车的停车场周边没有任何屏障，是完美的实验场地。

馆的车用作GPS安装车（在逃车辆），小野坐副驾驶座，我妻坐后排。其实当天负责开车的馆不巧犯了肠胃炎，烧到三十八度，但还是优先工作参加了实验。龟石和SECOM签约的GPS终端放在了副驾驶前面的仪表板上。

负责跟踪的车辆是西村的车。由他来驾驶，龟石坐副驾驶座，小林坐后排。龟石手里拿着专门配备的智能手机，用

SECOM签约者专用页面登录。

很快,龟石的手机显示屏上出现了拘留所的位置,写着"大阪市都岛区友渊町"。定位误差一栏还没有任何显示。点出地图后,出现了红色圆点和十字叉重合的位置,不偏不倚,就是大阪拘留所附近。

SECOM的说明书里提到,误差在百米以下的话圆点会显示红色,百米以上就会变成灰色。在拘留所停车场获取的位置信息既然是红色,说明位置非常准确,误差极小。

下一步实验是把车停在四面是厚水泥的地点,测试信号的精确度如何。辩护团把车从大阪拘留所开到购物中心。在逃车辆开进立体停车场,跟踪车辆在外待命。

在逃车辆停在了立体停车场的五楼。整个停车场是水泥墙围着的,每一层墙上有通风和照明用的孔洞,与外部相连。龟石收到了位置信息,在位置误差那一栏写着"与实际位置相差数百米"。点一下地图,看到圆点和十字叉的记号,勉勉强强在购物中心附近重叠,但颜色是灰色。可以判断能锁定到车辆所在位置的周边,但与实际位置可能有几百米误差。

逃不掉

接着实验的是开在高速公路上时,获取位置信息的准确度,同时测试跟踪车辆在跟丢了目标的情况下,是否还能获取位置信息再次跟踪到目标。中午12点15分,在逃车辆没有通知跟踪车辆目的地,自行开走了。

在逃车辆里的气氛有点压抑，因为馆身体不舒服，情绪也有点急躁，不知不觉影响了同车厢的小野和我妻。在外时间越长，馆就越不舒服。其实还不仅仅是身体原因，因为实验，他取消了很早之前和孩子约好的出游，心里颇有些不爽。小野平时和馆的关系比较亲近，但那天也很难逗他开心。馆戴着口罩，一直在嘴里嘟囔抱怨着什么。我妻坐在后面只听到了嘀嘀咕咕的声音，具体说的什么也听不清。

　　在逃车辆出发二十六分钟后的12点41分，从位置信息的显示推测，他们从守口收费站上了阪神高速。不过，又显示了有百米左右的位置误差。两分钟后，九分钟后，收到的位置信息都显示在高速公路上。从这些信息可以判断，他们极有可能在高速上朝京都方向驶去，跟踪车辆发动了引擎。本来打算和在逃车辆一样从守口收费站上高速，但开车的西村错过了高速口，上不去了。

　　"怎么办？掉头上去？"

　　龟石问道，但西村打算强行变更最初的实验目的。

　　"要不，我们实验一下，不从同一条路线跟踪，而是从完全不同的路线追上去，看能不能成功。"

　　于是，他们沿着普通公路朝京都开去，从守口开到摄津、吹田。这期间龟石收到的位置信息显示，在逃车辆已经在京都南收费站下了高速，沿着1号国道朝北行驶中。

　　跟踪车辆在吹田枢纽口上了高速，于下午1点34分在京都南下高速，和在逃车辆一样沿着1号国道往北开。再次收到位置信息时，推测出在逃车辆停在了京都市立医院附近。十七分钟后又收到位置信息，显示在同一地点没有移动。

"他们停在了医院。"

跟踪车辆迅速开往京都市立医院的南停车场，找到了在逃车辆。仅仅二十分钟就锁定到了目标。

"赶紧啊！还要搞多久啊！"

跟踪分队没工夫搭理有点着急的馆，打算重新确认一次GPS的效果。

"原来真的可以精准确认啊。"

最后一次实验是把车停在公路上看不到的地点，看是否能通过位置信息找到目标。在逃车辆再次不告知目的地开走了。

这次，跟踪车辆每隔几分钟就能收到位置信息，能持续跟踪。在逃车辆朝着东寺开去。跟踪车辆根据位置信息的显示，完全掌控着在逃车辆的动向。

"这个也太厉害了吧！"

小林坐在后排忍不住惊叹。

"他们往那边去了。"

龟石指挥着。和在逃车辆不同，跟踪车辆的氛围轻松多了。只要收到显示的位置信息，就能完全掌握在逃车辆的方向。这时候，停在东寺附近的在逃车辆，有了奇怪的动作，好像在围着东寺转圈圈一样。

"什么鬼这是？假动作吗？"

"不是吧，是不是走错路了？"小林提醒着。之前已经定好了，作为实证实验的条件，要获取一系列敏感信息位置，包括宗教场所的停车场。

"故意迷惑我们？"小林继续猜测。西村按照龟石的指示，默默开着车。"故意的吧？"龟石也这么认为，"那群家伙，该不会以为能逃脱吧？"

下午2点25分，在逃车辆终于在东寺的空地不动了。跟踪车辆一刻不耽误地，紧跟着在六分钟后的2点31分，驶入了东寺停车场。

"真的是前后脚啊！连上个厕所的时间都没有。"坐在在逃车辆里的小野惊叹着。

"看到你们在转圈圈，干吗呢那是？"小林好奇道。

"开错路啦！真是的！找不到停车场入口，东寺明明就在眼前，只能绕圈找停车场。"馆还不舒服着，语气也好不到哪儿去。

"一直没离开东寺？"龟石问。

馆说："是啊。找不到入口，只能掉头回来。"

小林还在感慨："竟然能精确到这么细致的地方。"

实证实验的结果十分充分。

只是，这种实证实验也只能作为"通俗易懂"的资料，证明GPS获取的位置信息极其容易暴露隐私，还不足以作为理论证明辩护团提出的主张——"不管在什么场所，只要获取一次GPS的位置信息，就会侵害重要的权利和利益"。

但只是目前这些信息，也足够让人震撼了。

第五章　询问证人

2015年3月24日，针对被告黑田的盗窃、非法入室、损坏建筑物一案，进行了第二次公审。

第一次公审是2月18日。这之前对共犯以集体形式进行了审理，但围绕着GPS侦查的违法性，黑田表达了进行法庭辩论的意向，其他共犯的意向尚不明确，必须先进行一次开庭明确各人的态度。结果，中野和吉泽并不打算就此争论，于是公审要分开进行。基于此，可以说第二次公审才是真正意义上的审理。

询问的技巧

公审的一大亮点是询问证人。

刑事案件的询问有严格的规范，比如，一定要用这样的询问方式，不能那样问之类的规定，都写在了《刑事诉讼规则》里。

在影视剧的法庭场景里，检察官和辩护律师对证人进行询问时，常常出现另一方突然喊出"反对"的画面，之后，有异议的一方往往会说诸如"该问题与本案无关""刚才的询问是侮辱

（威胁）"之类的话。

这些询问在原则上是被禁止的，如果法官判断属实，就会在听取当事人意见的基础上做判断和决定。

"反对有效，请改变询问方式。"

所以，询问技巧对结论极易产生影响，而技巧的高低优劣也能引出证人完全不同的事实陈述，影响到审判结果。其中最难的是对警察的询问，因为他们习惯了询问，而为了保护自己的组织，有时说谎也在所难免。要想突破他们的坚固屏障，必须有高超的技巧，其中一个方法是让他们做单项选择，回答"是还是不是""A还是B"，也就是所谓的"封闭式问题"（closed question）。

"是这样的吧？"

"是的。"

"不是这样吧？"

"对。"

对辩方来说，控方的证人就是"敌方证人"，让他们这样回答最为理想。一旦让他们自由发言，很可能喋喋不休地说出自己的主张，最后很难拉回到我方想引导出的结论上。不过，询问终究还是和人博弈的"运气"，不可能仅凭一个技巧就攻破，最终要看和对方过招的临机应变能力。

公审开始没多久，辩护团就定下了询问证人的分工。龟石负责整体，包括放线侦查、跟踪监视侦查（秘密拍摄侦查）等，小林和西村负责GPS侦查相关的询问。其实大家在辩护团会议上已经周密地做过法庭模拟练习了，各自负责的询问内容也做了流程表，并在会议上得到了全员确认。

但有次开会，西村突然问龟石："……说起来，刑事案件的询问,是怎么问的?"

因为西村没有刑事案件的询问经验。龟石一下子担心起来。

(对哦,这些人几乎没打过刑事官司啊……)

"那,先读一下'钻石法则'吧。"

《实战! 刑事询问证人技巧——从案例学会询问的钻石法则》(现代人文社出版)被称为询问书籍的"圣经"。不过,就算让大家把这本书看全,学会了刑事案件的询问法则,也不能完全消除龟石的不安(西村最后还是在询问阶段贯彻了"自我风格")。

公审开始

进行公审的大阪地方法院,位于"大阪高等·地方·简易法院联合厅舍"里。

媒体和警察占了法庭里一大半旁听席位。辩护团这次针对警方提出了追究GPS侦查违法性的问题,引发了关注,不过警察表面上看起来倒是挺淡定。

有的公审会在辩论中提到审讯过程中被告被施加暴力的情况,有的警察就会在旁听席恶狠狠地瞪着被告。有的公审审判暴力团成员时,刑警和其他暴力团成员也会在旁听席相互怒目而视。但这次公审的气氛,目前还没那么紧张。

主审法官入席,落座。法庭内全体人员随之坐下。

公审从"开庭程序"开始。

"被告,请你站到证言台前。"

主审法官叫到黑田,开始对他进行身份核实审问。

"你叫什么名字？"

"黑田行男。"

"现在开始对你进行盗窃、非法入室、损坏建筑物一案的审理。接下来将由检察官宣读你的起诉书，请听清。"

检察官读完起诉书后，主审法官继续说："你有权保持沉默，也可以选择不回答，但你所说的一切都将成为呈堂证供。现在我问你，对检察官宣读的起诉书，你有什么异议吗？"

黑田开口说："没有。我对起诉书里提到的行为，没有任何异议。对遭受损失的各位，我从心底表示抱歉。我也愿意在力所能及的范围内做出赔偿。"

接下来，黑田读了他和龟石拟好的文章。

"我听说，2013年2月，就已经出了对我的拘捕令，但我被逮捕是在2013年12月。这期间，有好几台GPS装在我们车上进行跟踪监视，还有摄像机对我们的行踪做了长期跟踪拍摄。甚至，连和我作案完全无关的朋友车上，也被装上了GPS，还有毫无关系的朋友被拍或者被摄像头跟踪。"

黑田接着往下读。

"我希望审判能明明白白告诉我，这样的侦查是否真的合理。我这么说并不是想减轻自己的罪行，我承认自己犯下的所有事情，也想早点结束审判。只是，除此之外，我也想知道，对我进行的侦查是否合理呢？以上就是我想说的。"

接着，龟石作为首席辩护律师，陈述了起诉书指控的犯罪事项。

"如被告本人所说，我们对公诉指控的各项事实行为不做争辩。但是，我们认为对被告实施的侦查过程涉嫌严重违法。"

"在对被告进行侦查的过程中，放线侦查、跟踪监视侦查、

GPS侦查都涉嫌严重违法。我们认为,除了长崎案件,其他提起的公诉都忽略了实际存在的严重违法的问题,这些很明显超出了检察官合理裁量的范畴,此类起诉应予以驳回。此外,通过严重违法侦查收集到的证据,以及与该证据密切相关的其余证据,均不具备证据效力,也应予以排除。"

这是辩护团对检察官的正式宣战。

主审法官发言说:"我明白了。接下来开始审判。请被告回到座位坐下。"

公审进入"证据调查"的环节。

一开始是检察官宣读开庭陈述要点,包括黑田的个人经历、与共犯的关系、作案的动机形成和作案经过,以及最受关注的安装GPS终端的原因,安装后的侦查情况,之后还提到了侦查中使用的GPS终端的性能和使用方法。

检察官提出,侦查员一般在路面或者投币式停车场这些出入自由的地方,找到停好的目标车辆,用磁铁把GPS终端装在不显眼的位置。获取位置信息的时候,虽然实际上会产生大概几十米到几百米的误差距离,但附近的侦查员只要一搜索,就能找到目标车辆。但无论如何,仅靠GPS无法得到精准的位置信息,只是将其作为辅助工具使用。

辩护律师的开庭陈述

接下来进入辩护律师的开庭陈述。辩护团希望旁听席,尤其是记者等媒体人士能准确捕捉这次审判的争论点。只有通过他们的报道，普通市民才能意识到GPS侦查的危险性。考虑到这一点，辩护团认为仅仅读文章太苍白无力，他们特意做了一份PPT出战，在法庭上放映，以便大家理解。

馆读了开庭陈述："警方针对黑田的侦查手段，涉嫌严重违法。检察官对严重违法侦查视而不见，起诉黑田。我们想在这次审判中间一问，针对黑田进行的侦查手段是被允许的吗？检察官提起的公诉是否违反了正义原则呢？"

这时，PPT的画面开始放映。随着时间轴的滚动，黑田盗窃团的多次作案被一一展示出来。2012年2月，黑田在长崎县犯下一起盗窃案，正是"长崎案件"。侦查机关在案发后一周时间里，通过犯人现场留下的指纹匹配到了黑田的指纹，并掌握到存在多名共犯作案的事实。

案发一年后的2013年2月，有司针对长崎案件下发了对黑田的拘捕令。这个时间点，侦查机关已经锁定了共犯中野和大川，以及黑田经常出没的场所。之后，针对黑田的拘捕令被更新，但2月19日到20日之间，侦查机关明明发现了黑田，却没有进行拘捕。馆提到了盗窃团的作案时间点，指出此时已经有拘捕的充分证据，但侦查机关纵容他们继续作案。

他接着说："侦查机关肩负的义务包括不扩大犯罪，在合适阶段尽早对罪犯提出检举。但侦查机关放松了自己的义务，继续进行放线侦查，纵容了黑田等人实施犯罪，进而对第三方的权利和利益造成了重大侵害。这种侦查已经超过了任意侦查允许的限度，是违法侦查。"

接下来馆讲述了警察在进行放线侦查期间涉及的违法侦查行为。法庭里播放的PPT切换到跟踪监视侦查的解说。侦查机关使用手持摄像机和固定照相机,跟踪黑田等人,并做了拍摄和录像。侦查甚至一次长达十多小时。涉及的拍摄地点共计十六处以上,累积超过四十九天,录像时长超过四百小时。

而拍摄对象不仅有黑田和共犯,还包含与案件毫无关联的数位朋友。拍摄到的人物与地点也不仅限于街道,还有小区邮筒里的邮件,以及公寓八楼进出玄关的场景,在阳台晾晒的衣物等。这些侦查拍摄与偶尔一次的艺术拍摄不同,是警察在掌握了对象在广阔范围内的移动和行动基础上,详细且持续记录了"何时、与谁、何处、做了何事"等信息。

馆继续追击道:"跟踪监视侦查还获取了与侦查对象毫无关联的第三方的信息,涉及当事人并不想公开的私人生活细节。这种侦查已经侵犯了合理的隐私预期,是严重的违法行为。"

最后,馆终于明确指出了侦查机关在没有取得令状的情况下,在黑田盗窃团的十九辆车上安装GPS以获取位置信息的事实。PPT的标题为"与位置信息相关的隐私侵犯",内容介绍了GPS的性能和功能。

馆接着开始详细说明GPS的特征:"成为侦查目标的人,无论他在高速路上开得多快,无论去到多远的地方,即便是在路上没有方向地前进,侦查机关都能通过GPS终端获取高度精准的位置信息,绝不会让目标逃脱。这种获取位置信息的方式,只要反复且长期持续进行,就能对目标的行踪形成半永久的记录。"

这种侦查手段当然也不可避免地严重侵犯了目标的隐私。与位置信息相关的隐私,涉及宪法第22条保障的居住、移动自由，宪法第20条保障的宗教自由，宪法第21条保障的表达自由、集会自由等数条侵犯人权的规定，可以说利益侵害极其严重。

馆继续陈述："因此，通过GPS终端取得位置信息进行的侦查，是侵害了重要权利和利益的强制措施，必须事先得到法官下发的令状才能进行。而没有得到令状就在黑田等人的车里安装GPS终端，获取位置信息的行为，是严重的违法行为。"

最后切换到的PPT的画面是馆和小野做的树形图。

"如图所示，对黑田进行的侦查，共有三项严重违法。控方的起诉无视这些严重违法，难道不是违反了正义原则吗？此外，通过严重违法收集的证据，以及与此密切相关的证据，还能被认为具有证据效力吗？此次审判，我对此表示质疑。"

主审法官在结束开庭陈述后，宣读了公审前整理程序和审理期间整理程序的要点。检察官和辩护律师接着分别向法院申请进行证据调查。

询问证人

第二次公审进入询问证人环节。检察官先询问了大阪府警的滨本健司警部补[1]。他全权负责GPS侦查的一线工作。

滨本在宣誓书上签字后，宣读了内容："本人在此宣誓。我发誓将遵从良心陈述事实，绝不隐瞒，也不做伪证。"

---

[1] 警部补，日本警察阶级之一，位居警部之下，巡查部长之上，一般负责担任警察实务与现场监督的工作。

检察官就案件经过轻描淡写地开始询问滨本。大概过了四十分钟，才提到2013年8月6日到7日凌晨在大阪府内跟踪盗窃团的情景。

检察官（以下简称检）：何时在盗窃团的力狮上安装了GPS？

滨本（以下简称滨）：8月7日凌晨1点多。

检：安装的时候，力狮停在何处？

滨：C市车站的某某投币式停车场（询问皆为实名，下同）。

检：侦查员掌握的情况如何？

滨：我们安装的前一天（6日），黑田等四个人聚集在黑田车库，换上了黑色装扮，乘坐吉泽的普锐斯出发。我们虽然跟过去了，但他们警惕心很强，我们并不能确认他们盗取了力狮。之后我们跟踪了普锐斯，确认当时有包含力狮在内的两辆车。追上普锐斯后，发现他们把车停在了超级洗浴中心的停车场。

检：之后，你们在投币式停车场发现了这辆力狮吗？

滨：是的。

检：怎么发现他们停在了这里呢？

滨：他们前一天去停力狮的时候，我们进行了跟踪，但最终没有找到他们停的隐秘地点，第二天在他们途经路线的附近搜索时，才发现的。

检：为什么没有跟踪到他们把力狮停在投币式停车场这段路呢？

滨：因为要经过很窄的巷子，他们警惕心很高，我们无法掌握他们停的地点。

检：这辆力狮的GPS何时拆掉的呢？

滨：两天后的8月9日。力狮被发现后就没收了，那时拆掉的。

检：整理这段秘密侦查的报告书里，出现了本次审判的辩三十四号证据（辩护律师提出的证据）。这份报告书是按照当时的侦查状况如实记录的吗？

滨：是的。

检：但是，完全没有提到GPS。为什么呢？

滨：因为是机密内容，就没有写在文件里。

检：8月6日到7日清晨之间，你参与跟踪了吗？

滨：实际就是我在跟踪。

检：一共有几位侦查员在参与行动呢？

滨：一共有三辆车，六个人参与了跟踪，每辆车坐两个人。

检：也就是说，警方完全掌握了被告在Motor游泳池（停车场）、简易邮局、医院附近的作案。那时不能拘捕被告等人吗？

滨：那时拘捕比较难。

检：为什么呢？

滨：我们只有几辆车，但对方手里有铁锹等，很可能被反击。

检：只有你乘坐的车可以跟踪被告等人吗？

滨：是的。

检：你不能和其他侦查员取得联络，然后尽快集合大家吗？

滨：黑田等人作案速度极快，时间上不允许。

检：反过来说，为什么只有你的车可以开到他们附近呢？

滨：并不是我自夸，跟踪和埋伏都需要多年经验，司机也必须有过人的车技。

检：那天，你的车跟踪得轻松吗？

滨：并不轻松。

检：但搜索了力狮的GPS的信号才实施了跟踪吧？

滨：GPS会产生很大误差。比如我们第一次搜索GPS信号时，GPS会在某个地点有显示，我们称之为A地点，但画面显示的车辆是移动状态还是静止状态，我们完全不知道。第二次搜索显示的是B地点，但A地点和B地点之间的轨迹不像汽车导航那样显示，所以我们根本不知道对方在朝哪个方向前进，以及前进的距离。选择一条路跟过去，虽然能掌握大概方向，但黑田等人反复左转右转，频繁掉头、停车做干扰。为了掌握他们的实际位置，我们必须在手机显示屏上确认GPS，再在随身地图上进行确认，如果朝我们这边移动，我们才能最终掌握其位置。

但辩护团早就通过实证了解了GPS的高精准度以及有效性。而且，从SECOM公开的位置信息记录来看，"无误差"的案例也数不胜数。

与警察的战斗

第二天25日，进行了第三次公审，检察官继续对滨本进行剩余的询问，辩护团做了反询问。龟石打头阵，小林和西村紧随其后。

西村上来就击破了滨本证词中提到的"GPS精准度很低"这一点。

西村（以下简称西）：根据你的证词，可以理解为 SECOM 的位置信息精准度上会产生很大误差对吗？

滨本（以下简称滨）：是的。

西：我想你应该是在手机上搜索的，显示没有误差的情况应该也不少吧？

滨：一定要我说的话，有误差的情况居多。

西：你确认过位置信息记录报告吗？

滨：确认过。

西：有显示大多数情况下出现了误差吗？

滨：很可能是，实际误差与位置信息记录的显示内容之间没有产生关联。

西：也就是说记录有误？

滨：有时候记录写着六十四米，但当时手机显示屏上的记号却是灰色。实际上我一直在使用，所以我觉得记录有误。

西：你是在说 SECOM 有误吗？

滨：我不知道是有误，还是二者彼此无关。

西：根据你主询问阶段的回答来看，SECOM 的 GPS 精准度又低，也胜任不了有效跟踪，听起来像是没什么用。

滨：并不是没用，还是能掌握到大致地点的。

西：就是说因为有用才用，对吗？

滨：是的。

这样，SECOM的位置信息和滨本的口供产生了矛盾，还引出了他承认GPS侦查的有效性的证言。

西村紧接着开始询问8月6日到7日进行的跟踪，他打算用"位置信息记录"这个难以做手脚的证据穷追不舍。

西：当天你们有没有追力狮？

滨：追了。

西：也就是说力狮在高速公路上以很快的速度在行驶，对吗？

滨：是的。

西：这辆力狮对侦查非常警惕，采取了防范，对吗？

滨：是的。

西：你们确定他们把力狮停在了（大阪府）C市的Motor游泳池，对吗？

滨：是的。

西：你们也确定他们把力狮停在了（兵库县）D市大型购物中心的西侧，对吗？

滨：是的。

西：确定他们把力狮停在了D市简易邮局，对吗？

滨：是的。

西：确定他们把力狮停在了D市医院的停车场，对吗？

滨：是的。

西：这样来看，SECOM获取的各个位置信息，基本都是准确的，不是吗？

滨：会出现大致位置。跟踪的时候我们会隔开距离，但我们试图靠近作案现场时，黑田他们会观察周围情况，来回兜圈，或者低速行驶，我们只能在附近从后面大概看到力狮，所以不完全是靠位置信息在侦查。

西：搜索各个现场的位置信息时，没有出现显示误差的信息吗？

滨：我记不得了，但好像显示了误差。

西：显示了吗？

滨：显示了。

西：从SECOM的记录来看，购物中心西侧、简易邮局前、医院停车场的位置信息都有显示，甚至各个地点的经度纬度都准确显示了，你没有印象吗？

滨：我确实没印象误差究竟有多少了。我也看过这个记录，不知道是不是大部分都无法搜索，我记得很多都是有五百米左右的误差。

西：报告书第十二页写着，2013年8月7日1点34分55秒，在Motor游泳池，精准度误差为四十八米，同一页往下看，是2013年8月7日2点21分48秒，在购物中心，精准度误差为四十八米，紧接着第十三页，有简易邮局的记录，这些都是力狮的位置信息记录吧？

滨：我觉得很可能就是流水账记录。

西：比如2013年8月7日2点23分42秒，出现了这条精准度误差为四十八米的记录，那当时的显示屏上不会出现误差信息吗？

滨：所以说，我有点不明白为什么精准度四十八米但显示没有误差。

西：一百米以内的误差不会显示在手机的误差信息里，你不知道吗？

滨：我不太清楚。但那个时候，我是用肉眼在盯着力狮。

西：这一点无从得知。但你也进行了搜索吧？

滨：我们是三辆车在跟踪，也有可能是其他车在搜索。

西：我们现在在讨论GPS的精准度。我无从知道你在现场是不是盯着力狮，但我想确认的是，你是不是说了"完全偏离了"？

滨：我没有说偏离了。因为我记不清楚了，才说了偏离。

"没有说偏离""记不清楚"。和精准度相关的部分，滨本的证词已经足够了。

戳穿警察的"谎言"

西村进一步紧逼位置信息记录的证据，直接攻破滨本另一处不合理的证言——"8月6日跟丢了力狮"。实际上，警察通过GPS应该已经掌握了力狮的位置，但装出一副跟丢了的样子。

西：2013年8月7日跟踪的力狮，是在C市某某投币式停车场发现的，对吗？而前一天，也就是8月6日上午，你们在跟丢的位置附近进行搜索，才在7日凌晨1点再次发现它的？

滨：是的。

西：发现后，你们立即在车上装了GPS，对吗？

滨：是的。

西：但是，从力狮的位置信息记录来看，前一天8月6日上午6点，你们已经通过GPS终端搜索到了力狮的位置信息。

滨：这个……是我们搜索附近得到的吧。

西：搜索附近？

滨：我觉得这是GPS还在警察手里的时候进行的搜索……

西：8月6日晚上10点33分，你们通过搜索获取了力狮在投币式停车场的位置信息，对吗？

滨：这是警察在车上安装GPS前的搜索吧。因为我发出了搜索附近的命令，所以这是GPS还在警察手里时的搜索记录。

很明显，这是陷入慌乱的狡辩，西村乘胜追击。

西：也就是说警察用的是手里的GPS获取了位置信息，对吗？

滨：是的。

西：为什么要这么操作呢？

滨：安装的时候需要检查确认，看是否正常运行，是否有反应。

西：也就是说是你们自己拿着终端对吗？光看终端并不能知道是否启动了？

滨：不能，因为上面覆盖着黑色的油灰，实际上不搜索根本不知道。

西：根据你的表述，8月6日晚上10点33分的记录，是警察
　　搜索自己手持终端的位置信息，对吗？

滨：我认为是。

西：但是，这个位置记录里出现了(发现力狮的)C市停车场。

滨：那附近有很多停车场。我们是在那一带搜索。

西：是说进入了该投币式停车场后，也无法发现力狮吗？

滨：不是没有具体到某某停车场吗？

西：位置信息记录显示有这个地点的数据。

滨：就算搜索到了也会有误差，所以我也不知为什么会这
　　样。我们知道误差不算稀奇事儿，就采取了在附近全
　　面搜索的行动。

西：首先是在GPS显示的位置搜索吧？去到之后就发现了
　　目标，对吗？还是说没有发现呢？

滨：所以我说了，那是警察在用手上持有的GPS终端搜索。

西：是说用手上的GPS搜索了好几次吗？

滨：是为了找到力狮后就能安装GPS才启动了搜索功能
　　的。所以这个记录应该还保留着。那时候还在找力狮。
　　后来凌晨1点多，我们就在停车场找到了它，然后给它
　　安装上了GPS。

西：也就是说，找到力狮之前启动了搜索功能好几次，而且
　　中途也获取到了某某投币式停车场的位置信息，但之
　　后仍旧在继续启动搜索，对吗？

滨：是的。

"为了确认手里的GPS终端是否正常运行而进行了搜索。

而且,搜索结果明明已经发现了目标车辆停靠的停车场,却说没有发现车辆继续进行搜索"。

证言已经不合理到这一步了,辩护团判断围绕这一点的询问已经完全足够了。

但西村稍微调整了方向继续抛出询问。

西:据你所知,侦查从何时开始使用 SECOM 的呢?

滨:是说这次侦查吗?

西:包括其他侦查行动,警察是何时开始使用 SECOM 进行侦查的呢?

滨:这与本案无关,我无法回答。

西:不相关吗?

滨:是的。

西:现在也还在使用吗?

滨:这也与本案无关,我拒绝回答。

西:你们和 SECOM 的合同,好像是 2005 年开始的,所以,从那个时候就开始使用 SECOM 的吧?

滨:如果合同是那时候签订的,那也有可能,但我无法确定。

西:如果在侦查中使用的话,还是用精准度高的东西比较好吧?

滨:道理是这样。

西:如果 SECOM 的精准度不够高的话,是否提到过换其他公司呢?

滨:我无法判断关于合同的事情,我也不知道有没有提到你说的情况。

突破口

接下来，小野接过西村这一棒继续询问。最初没有让小野负责询问，但25日当天早上，他把突然想到的疑问分享在了群信息里。龟石觉得这些内容抓住了要害，决定让他直接询问，于是小野在匆忙中登场了。

小野（以下简称野）：根据一般情况推断，除了这次针对黑田的侦查，你们实际上也用GPS进行了其他侦查吧？

滨：这与本案无关。

野：而且，您本人目前也仍在使用GPS进行侦查，对吗？

滨：我想这也与本案无关。

野：关于这一点，我认为对遏制今后的违法侦查很有必要，还请作出回答。

滨：我觉得这和现在是否在使用没有关系，我不作回答。

这时，主审法官插入了询问，并提醒滨本"请作出回答"。

滨：目前没有使用。

野：目前没有使用的意思是，之前有用过，对吗？

滨：之前，也只是在一般有必要的情况下使用。

野：将来，如果您或者大阪府警方认为有必要使用GPS的情况下，是否也会继续使用GPS呢？

滨：如果再次发生本案的情况，可能会使用。

野：您刚才的证言里说，本案之外也使用了GPS进行侦查，那些终端也是SECOM的吗？

滨：是一样的，都是SECOM。

野：将来，如果进行GPS侦查，很大概率也是使用SECOM吗？

滨：还不知道将来是谁来签订合同呢，关于这一点，我不是很清楚。

野：关于SECOM，刚才在合同相关的提问里也提到了。

小野说的"和合同相关的提问"，是在西村之前由小林进行的询问。

小林（以下简称林）：你了解SECOM的合同内容吗？

滨：我没有读过，之前是完全不了解。

林：现在了解了吗？

滨：现在的话，因为经历过很多次这样的公审，脑子里大概知道一些。

林：合同里规定了，如果没有获得目标物品的所有者和管理者的同意而安装GPS，合同将自动作废，你知道这一点吗？

滨：我听说过。

林：那当时侦查的时候呢？

滨：侦查的时候，我还完全不了解这些规定。

林：那这次侦查安装的时候，你有得到黑田等人的同意吗？

滨：没有。

林：合同里还写着，不得做出有可能侵害第三方人权的行为,你现在清楚了吗?

滨:清楚了。

林:侦查的时候清楚吗?

滨:不清楚。

林:那你有没有意识到,随意安装GPS,极有可能侵犯目标的隐私呢?

滨:要是安装在毫无关联的地方,是有可能造成这种情况。

林:安装在毫无关联的人那里,也有这种可能性,看来你清楚这一点。

滨:是的。

小野在滨本回答小林的基础上,继续询问。

野:您现在对合同内容是否有了一定程度的理解?

滨:与其说一定程度,不如说我基本上还没搞懂。

野:在目标车辆上安装需要获得对方同意这一点,您明白了吗?

滨:这一点明白。

野:刚才您提到因为公审的关系,您已经清楚了一部分。这个公审是说今年1月份,在共犯大川的审判上作证言那次吗?

滨:是的,那次也有,大概去年开始,全国出现很多起关于这类问题的审判,我因为工作关系也有所耳闻。

野:如果是这样,您是什么时候开始知道合同里有规定,安装GPS终端需要获得对方同意的呢?

滨：去年（2014年）夏天的时候吧。

野：去年夏天之后，先不说您有没有使用GPS进行侦查，大阪府警察有没有进行GPS侦查呢？

滨：这一点我不是很清楚。

野：那您去年夏天了解到SECOM的合同后，自己有没有进行过GPS侦查呢？

滨：没有，这次案件是最后一次。

野：没有获得对方同意就使用SECOM，也就必然违反了和SECOM之间的合同，对吧？

滨：可能是这样，但并不是我来签的合同，所以这一点……

野：但合同内容上写着，使用终端时必须获得对方同意。

滨：是的。

野：但你们警察使用的时候，并没有获得对方同意。

滨：是的。

野：这还不能说是违反了合同吗？

小野直击七寸要害，滨本无从逃脱。

滨：……嗯，算是违反了合同吧。

野：您觉得，警察违反了和私企SECOM之间的合同，有没有问题呢？

滨：从我的角度理解，组织上肯定认为是没问题，才租来用的，关于这一点我还没有深入去想。

野：那您现在怎么想呢？

滨：现在的话，我觉得可能情况不是很合适。

野：情况不是很合适？

滨：严格来说，确实是违反了合同。

野：也就是说，警察使用SECOM的前提是，一定要得到对方的同意，对吗？

滨：是的。

野：因为您也说到自己作为警察的经验丰富，我想问一句，最开始和SECOM签合同的时候，隐瞒了没有获得客户同意的情况下使用的事实，您是否觉得有问题呢？

滨：我现在想想，可能也确实有问题。

野：隐瞒目的签合同，进而获取SECOM终端的行为，是否触犯了欺诈罪呢？

滨：……这一点，我无法判断。

野：您不觉得有可能触犯吗？

滨：欺诈罪……我现在感觉，有可能吧。

野：您作为警察和公务员，理所应当履行遵守法律的义务，履行《刑事诉讼法》规定的检举义务，您明白这一点吗？

滨：明白。

野：那您觉得，像这样违反合同，甚至可能触犯欺诈罪去使用SECOM的产品，今后要怎么做才好呢？

滨：我个人的看法是，今后最好不再使用SECOM。不过，关于合同这一点，我真的不清楚，也无法作出回答。我是这么认为的。

小野的询问，到此结束。

北风和太阳

"太精彩了!"

龟石听完两人的询问,由衷赞叹。

如果说,西村是用理性步步紧逼滨本的"抖S"①方式势如北风的话,那小野的提问方式简直就像太阳,温柔地包裹住滨本,让他自动打开了心扉。不断试探底线的理性逼问让对手自乱阵脚,也让人觉得侦查员的证词像是说谎,之后再用柔式提问一举拿下。

真是让人满意的询问。

警察一开始高调宣称的"GPS精准度很低",现在也几乎失去了可信度。反过来,GPS侦查违反了和SECOM的合同这一点,倒给了法官深刻的印象,应该会成为加分材料。做辩护律师五年了。龟石切实感受到这五年里,西村、小野这些同期伙伴也都积累了做辩护律师的丰富经验。

辩护团的询问过后是主审法官的询问,这对审判的结果有非常大的影响,也会引出重要证言。

主审法官是这样开始提问的。

"你们在本案侦查中使用SECOM的时候,是否讨论过,拿到法官的勘验许可令更好呢?"

对这个问题,滨本作了如下回答。

---

① 抖S,网络流行词,指有严重的虐人倾向。是一种人物性格和心理倾向,也是ACGN亚文化中的萌属性之一。"抖"源于日语,就是类似于倾向一类的程度词,是日文"ド"的音译。

"有讨论。具体来说,当时我听上级领导提到,要是还不到能申请勘验许可令的地步,就不能安装(GPS)。"

然而,结果来看,警察还是没有去申请勘验许可令。

"理由是什么呢?"

主审法官再次询问。

"我认为,这其中有一定的紧急性,而且也不清楚到底要何时安装,作为警察,从组织角度来说,我们当时判断这属于任意侦查,也就不认为需要拿到勘验许可令。"

警察内部在没有法官判断的情况下,就自己认定了GPS侦查属于任意措施。如果警察仅凭抽象概念的危险性就安装GPS的话,那需要得到法院批准的意义殆尽。这对今后的辩护活动来说,是极为有利的发言。

辩护团通过表达自己的主张,在询问证人环节找到了突破口,打开了小小洞穴。而这个突破口抽出的线丝将会编织出怎样的成果,还要等待之后进行的"中期辩护"才能分明。

第六章　下达判决

处于拘留状态的被告，可以申请保释。保释需要交纳保释金，但拘留效力仍存在，只是停止执行，以解除被告的人身限制。根据《刑事诉讼法》第89条规定，"提出保释请求时，除了重罪以及有相当理由足以怀疑被告隐匿、毁灭罪证的情形外，应当予以准许"。

侦查机关完成证据收集提出起诉后，原则上被告提出的保释应被批准。但针对保释制度，也有不少人认为，"他做了坏事，被拘留理所应当啊""把确定会判刑的人保释到外面太奇怪了"。然而，拘留针对的是被告有可能隐匿、毁灭嫌疑事实的证据，考虑到其危险性而进行的人身限制，而不是针对嫌疑事实的制裁。即便对被怀疑人或被告已经宣判了实际刑罚，但在宪法保障下，办理正式手续前，不允许对其进行有人身限制的制裁（刑罚）。

对黑田的判决目前还没有下达，自然不允许对他的人身进行限制，亦即实施制裁（刑罚），所以他在原则上可以通过保释获得释放。

黑田于2013年12月4日被拘捕,被起诉了共计十起案件。龟石在最后的起诉执行前,作为黑田案件的负责人向大阪地方法院第七刑事部提交了保释申请书。理由是"没有相当理由可以怀疑被告隐匿、毁灭罪证""担保人会做到充分监督""担心被告母亲的病情""有必要处理身边杂事"等。黑田的家人做了担保人。

检察官收到申请书后,立即提出了驳回保释申请的意见书。理由是黑田个性粗暴,而且可能被宣判刑期长达十年的惩役,本身是惯犯,极有可能隐匿、毁灭罪证。

2014年10月29日,法院驳回了保释申请,理由是"惯犯可能隐匿、毁灭罪证"。11月6日,辩护团再次提出保释申请。检察官也再次提出了驳回申请的意见书,于是保释申请再次被驳回。跨年后的2015年1月9日,之后的3月25日,辩护团反复提交了保释申请,但结果全都一样。

龟石难以理解。原本,黑田对指控的所有犯罪事项,已经明确表示"不做争辩"。一直在争论的都是警察的违法侦查。而且,违法侦查的证据也都在警察手里。辩护团多次申请都无法拿到的证据,黑田又如何能将其隐匿、毁灭呢?

日本的审判有个倾向,像黑田这种承认了罪行,但仍旧围绕着什么在争论的案子,很难获得保释。民间也称之为"人质司法",这会对被告造成无言的压力,好像在督促他"想出去,早点认罪吧""别做无效争论了"似的。

保释

连最初硬气的黑田本人,现在也开始动摇了。

"我想出去。"他时不时念叨着这句话,这种情况也算能预见到。当初黑田在了解到风险的情况下决定一争,但因为这个原因迟迟得不到保释,心里难免有一点失衡。

"这次为什么被驳回呢?"

"下次什么时候再申请保释呢?"

"下次一定可以吗?"

黑田明显着急了。一开始为了这个案子去拜托高山律师的中间人,也通过高山传递了压力。

"黑田的辩护律师没问题吧?申请保释这么多次都被驳回的辩护律师,以后可怎么办?不如换高山老师来做吧?"

但高山像龟石的防波堤一样,态度十分坚决:"龟石这么努力都不行的话,我做也是白搭。"

嘴上这么说,但他也还是很客气地问了问情况。

"龟石啊,怎么样了?保释的事……"

龟石作为辩护律师,该做的都做了。她也不明白为什么一直被驳回,黑田的心情她也能切身理解。正因为如此,她非常痛苦。

原本由三位法官负责案件的合议庭,突然换了两个人,说是定期的人事变动,主审法官和右陪审法官改由新人担任。龟石趁这个时机再次试着申请了保释。她增加了保释的理由,看能不能打动新法官。5月1日,法院发出了准许保释的决定,保释金是三百五十万日元。检察官第二天就"提出抗诉"(因不服法院的决定和命令而向上级法院提出申诉),申请"停止执行审判",法院驳回了抗诉,确定了保释。于是,自2013年12月4日被拘捕以来,黑田时隔一年五个月,回到了外面的世界。

中期辩护

2015年5月15日，第四次公审开庭。当天的主要内容是询问作为证人的成城大学的指宿信教授。追溯起来，2014年6月，龟石通过Facebook拜托了指宿教授，指宿教授后来写了一份极为详细的意见书，长达九十页。

然而，事与愿违。2月，辩护团把这份意见书作为证据申请调查时，遭到了检察官的强烈反对。对方的主张是"本案使用的GPS终端的性能及使用方法，与指宿所说的以高精准度为前提的情况，完全不同，这种前提假设不成立"，因此认为指宿教授的意见书与本案无关，没必要作为证据进行调查。

辩护团预想到了检察官的抵抗，作为预留一手的准备，一边撤回对意见书的调查取证申请，一边申请将意见书作者指宿教授列为证人来进行询问。通常，作为"书面证据"的意见书在举证时遭到检察官反对的话，书面证据的作者还可以作为证人出庭。但即便是询问证人，检察官也有机会做反询问，很有可能否定证言内容。

不过，检察官一直在强烈反对指宿教授做证人。他们一直主张指宿教授意见书的内容与本案不相关，没有必要作为证据进行调查。这样的话，只能期待法院利用职权判断是否采用证人。

3月4日，法院批准了指宿教授作为证人进入询问程序。

指宿教授的询问采取了不同常规的形式。通常，询问证人是一问一答式，但指宿教授的询问流程是先进行六十分钟的报告，之后辩护律师做主询问，检察官做反询问，法官做补充询问，各十五分钟。辩护团做这样的战术安排是为了让法院充分理解九十页意见书的内容，尤其是关于GPS侦查的法律性质。

指宿教授列举了具体案例，指出无论参照最高法院针对其他侦查手段的判例，还是考虑到GPS侦查的性质，GPS侦查属于强制措施这一点都是明确无疑的。教授针对这一点做出了十分具有说服力的论断。

2015年5月15日的询问证人环节结束后，法院要求提交"中期论告"和"中期辩护"。截止日期是5月29日，也就是说还有两周时间。

中期论告是检察官整理控方主张内容，而中期辩护是辩护律师整理辩方主张内容。法院在中期论告和中期辩护的基础上决定是否采用证据。

辩护团的主张就是汇总迄今为止提交的全部预定辩护意见书的内容。为了证明论点，才需要在公审中对书面证据进行调查和询问证人。实际操作的时候，以预定辩护意见书为基础，公审中对书面证据的调查和询问证人所得到的证言也会作为主要证据，完整地收录在内。只不过，所有操作都必须在两周内完成。

辩护团充分发挥群信息的作用，多次召开辩护团会议。大家分工精读庭审笔录记述的询问内容，一起讨论哪些证人的发言可以拿来引用，能证明辩护团的主张，同时确认是否遗漏了重要的证言。

原本，询问证人就是辩护的重中之重，所有问题的设置都是为了加到论据里，所以询问证人得到的证言理论上都是有用的。大家各自负责一部分，小林和西村负责GPS侦查的违法性，龟石和我妻负责放线侦查和跟踪监视调查的违法性，馆和小野负责违法收集的证据以及证据之间的紧密关联性。

在中期辩护阶段之前，论点写抽象一些也没有关系，但把证据调查的结果加入后，就需要写得越具体越好。辩护团的询问引出了证人极为有用的证言，接下来就看如何用到这些证言了。

辩护团当下考虑的是，如何用"有感情"的语言向法院表达以下观点，GPS侦查是强制措施，是违法的，所以得到的证据应该予以排除。要如何让他们意识到，如果不作出这样的判断，就是违反了正义原则。

中期辩护的语言最好能触动法官的心弦，而不是机械地罗列法理。从这点来看，最适合接这个工作的是龟石。只有她和我妻平时一直做刑事辩护的工作，也曾在裁判员参与审理的案件中做过说服担任裁判员的普通市民的辩护工作，而其余四人虽然都很擅长写逻辑性强的公文，但对写需要感情表达的文章多少有些不习惯。

为了向法院有感情地传递出"这是创造历史的重要审判，我希望能得到正确判断"这样的想法，龟石最终引用的是美国的路易斯·布兰代斯[1]的一段话。他在1928年作为美国最高法

---

[1] 路易斯·布兰代斯（Louis Dembitz Brandeis，1856—1941），美国律师，1916年获伍德罗·威尔逊总统提名为美国最高法院大法官，直到1939年。是第一位担任此职的犹太裔人士。

院的首席大法官,第一次认可了隐私权。

布兰代斯的原话如下:"我们的宪法的制定者们,作为政府的对抗人,致力保障种种有利于人民寻求幸福的条件。对文明社会的人而言,这是一种广泛的、最有价值的权利。为了保护这种权利,政府对于个人隐私的每次非法入侵,不管它采取了何种手段,都必须视为是违反了第四修正案(禁止不合理的搜查和拘捕没收)。并且,把通过侵犯隐私确定的事实作为刑事程序的证据使用,将违反第五修正案(禁止用非正当手续进行刑罚)。"①

龟石把这段话加到自己的文章里,在截止日期前两天的5月27日全部写好,发在了群信息里。辩护团成员们针对此发表了各自的看法。

"我个人意见哈,觉得加入一些我们信任法院判断的表达,是不是更好呢?"(西村)

"如果是为了让法院有勇气向前一步的话,我觉得强调一下他们不是在对什么无理取闹的事情下判断,会不会更好?我意思是,比如可以这么说,'这并不是去创立新的隐私权,而是在好不容易确立的作为基本人权的隐私权基础上,给出必要保护'。还可以补充一点,'从侦查机关的隐秘性来看,本案的侦查行为很可能只是冰山一角,如果不加以制止,过于追求便利性和有效性,会在不知不觉间侵犯全社会方方面面的隐私'。要向他们传达一个信号,必须要现在就制止,而且只有你们能制止。"(馆)

"我觉得馆说的第二点特别好。如果无条件纵容了这次的

---

① 本处译文参考了布兰代斯著作《隐私权》(宦盛奎译,北京大学出版社,2014年出版)第79至80页。

侦查，那未来肯定是一个被监控的社会，谁也不想生活在这样的社会里。这样说怎么样呢？"（小林）

龟石听取了大家的各种声音后，深思熟虑了一晚，最后用如下的话结束了中期辩护。

"本次审判中，需要审视的是全新侦查手段以及隐私保护现状。GPS在犯罪侦查里常被用来监视目标的行踪，是极为有用的技术。然而，目前对这一技术的使用没有任何制约因素。这次审判的结果将左右着科技发展带来的'监控社会'的方向。我们每个人的隐私何去何从？全社会都在关注着这次审判。隐私权作为'最文明的权利'，其未来的走向需要得到最符合这个时代的判断。"

写到最后一刻

中期辩护汇总了大家各自完成的部分后，最后统一成一份书面文件。只是，每个人都有自己的文章风格和表达习惯，甚至是语癖，所以最终文件的目录、标题、副标题、措辞、简称等极难统一。馆对这点吹毛求疵，直接做了份统一简称表达的一览表。结果团队内部渐渐形成一种共识，认为"统一文章都是馆的事情"。后来不知道谁说了一句"（中期辩护）有目录就好了"，馆也阔气地脱口而出："这不是很简单吗？"结果给自己挖了个坑。

"那目录也拜托你了。"

馆心里咯噔一下，想着"完了"，但还是挣扎了一下。

"不行不行不行，我教你们怎么做，大家各自做吧。"

不过,这些队友最多敷衍一句"这样啊"。

"可是,时间不够了啊。"

大家拿出这些无法称之为理由的理由搪塞。虽说每个人都忙着调查资料、思考问题、撰写内容,但面对这枯燥麻烦又庞大的作业,谁也不想碰。

"不不,我也没时间啊。"

馆还想继续抵抗,但龟石一个阻止就插进来了。

"无论如何,拜托你了!"

不会拒绝别人的性格简直是灾难。结果,包括制作目录在内的所有整合文章的工作,都是馆来完成。难怪别人和他自己都承认,他最擅长这些基础性的事务。书面文件的提交截止日那天,馆几乎没有做其他事情,就等着大家发给他各自的内容。他不仅要美化格式,还要检查有没有表达不通畅的地方,有的话还得一个个去问,问了再改。光这个事情就花费了他一整天,真是费劲。说到底,也不是他自己想做,而是他觉得既然没人做,那只好还是我来吧。

中期辩护提交的截止日期是5月29日,馆一直改到最后一刻,终于在傍晚时分打印出来,直接拿给了龟石。龟石作为辩护律师负责人,在上面盖了章,亲自送到了法院。

"感谢大家! 多亏大家的付出才顺利提交! 真的太感谢了! 6月5号我们去吃烤肉吧! 说起来,我们的辩护团也是以烤肉开始的。"

看到龟石群发的信息,大家也都兴奋起来。

"大家辛苦了! 绝不气馁! 同意吃烤肉!"(小林)

"辛苦了！刚开始还想着目标好遥远不行呢，结果慢慢缩小了距离，现在可以期待着梦想成真了！我要去吃牛舌！"（西村）

"谢谢大家！吃烤肉，必须参加！"（馆）

"6月5号的烤肉很想去啊，但那天晚上已经有约了。大家一定要举杯庆祝！"（小野）

"我也参加！等小野打赢无罪后我们再去一次啊！"（小林）

排除证据

到了辩护团期待的6月5日。这一天在某种意义上，是比审判还要重要的日子。因为要发布"决定是否采用证据"的结果。

刑事审判都会进行这个流程。

检察官在公审期间，会提出"证据调查申请"，因为审理中的核查证据必须是由法官来进行，所以检察官需要向法官提出"证据调查申请"。在此之前，检察官会对辩护律师开示他们申请的证据。大多数案件里，一审开始前，都会让法院、检察官和辩护律师确认两点，一是被告是否承认了起诉书中指控的犯罪事项，二是辩护律师对检察官申请调查证据的意见。如果辩护律师说"同意""没有异议"，那法官就会宣告"采用证据，开始调查"，也就是决定采用证据。这时，检察官才第一次向法院呈交被采用的证据原件。

不过，这次的审判没有这么简单。因为辩护团一直在强烈主张，检察官请求的证据大部分都是通过没有令状的GPS侦查，也就是违法侦查收集得到的，不具备证据效力。如果按照辩护团的主张，也就意味着没有证据效力的证据都应当被排除，如果只有黑田自己的坦白作为犯罪事实的证据的话，根据前面提到的"补强规则"，甚至会出现被判无罪的可能性。

要达到这一步，需要经过以下几个阶段的确认：

① GPS侦查是否违法；

② 如果违法，程度是否严重；

③ 违法收集的证据会在多大范围内被排除；

④ 余下被采用的证据是否能认定指控的犯罪事项；

⑤ 如果犯罪事项被认定，被告被判有罪的情况下，再决定量刑。

通常，当公布"决定是否采用证据"和审判的日期错开时，意味着围绕着是否采用证据存在争议，并且证据采用与否的判断包含着重要的法律问题。像这次案子的情况，就是辩护团主张了侦查行为的违法性，希望排除违法收集到的证据。

6月5日，刚好是在烤肉店聚餐、成立辩护团满一周年的日子。而今天，决定是否采用证据的舞台，被指定在了大阪地方法院的大法庭。

3天前的6月2日，龟石接到了大阪地方法院打来的电话，说当天法庭内会有电视台的新闻拍摄，希望他们可以提前十分钟到场。隔天3日，龟石又陆续接到共同通讯社、朝日新闻、NHK等知名媒体的电话采访，纷纷问到她对决定是否采用证据的预测。看来，社会已经在关注这次审判的结果了——经过一年的辩护活动，大家终于切实感受到了这桩案子引起的轰动。

5日到了。当天的旁听席也坐满了媒体和警方的人。法院已经事先通知大家，"（结果）需要两个小时进行宣读"。当然，并不是说时间越长结果越好。最大的焦点仍然是证据是否会被排除，如果排除，又会被排除多少。

辩护团在法庭里坐了前后两排。

上午9点50分，法官入场。

法庭内拍摄随之开始。在仅仅只有两分钟的拍摄中，场内的紧张感随着肃静的气氛不断酝酿升级。书记官一声"时间到"，拍摄团队立刻全员退场。

"开庭。"

主审法官宣布公审开始。

"对被告黑田行男盗窃、非法入室、破坏建筑物一案，本院裁决如下……主文。"

主审法官边看着手里的文件边宣读。

"一，检察官请求调查的证据编号，甲第七号证据、第十八号证据、第二十六号证据……"

听到这样的开场，龟石的瞬间反应是，嗯？这是什么情况……

坐在后排右边的我妻，听到左边的小林低声耳语："这里面也有被驳回的证据吧。"

我妻也迅速留意到了那些没有被念到的证据编号。

"……乙第一号证据、第二号证据……第十三号证据都予以采用。"

龟石一边听着，一边看着"证据关系卡"，关系卡是检察官请求调查认定的证据的一览表。清单上，在法官最开始念到的甲第七号证据之前，还有甲第二号证据和甲第三号证据。而甲第一号证据、第四号证据和第六号证据，都作为违法收集的证据被提出了异议，检察官已经在开庭之前撤回了证据调查请求。但同样被提出异议的甲第二号证据、第三号证据却没有被念到，看来没有被采用为证据的可能性无限提高了。

作为证据被采用的甲第七号证据，是和作案现场相关的共犯的供述笔录。第十八号证据和第二十六号证据，也都是供述笔录。很明显，法院只打算采用和GPS使用无关的供述笔录作为证据。

（也就是说……）

龟石在等着下一句话。主审法官将会接着宣读不采用的证据编号。

"二，依照检察官请求核查的证据编号，甲第二号证据、第三号证据、第十四号证据以及第十七号证据……"

（真的吗……）

主审法官继续读：

"……第六十九号证据和第七十一号证据的证据调查申请，均予以驳回。"

和辩护团的主张一致，法院的判断排除了一部分证据。

龟石强忍着喜悦。

"太好了！"

龟石一直觉得，刑事审判能认可辩方主张的情况实在太少了。虽说她自己前一天还信誓旦旦地说来说去，但心里终究没有底。而且同年1月本案共犯的审判上，还得到了完全相反的结果。只要一天没听到主审法官的宣读，龟石就一天没办法安心。

（啊！被认可了！）

小野也非常开心。排除证据需要满足两个条件，一是严重违法，二是不当性排除，这一点也会在后面详细介绍。所以能被排除的，往往都是出现性质非常恶劣的情况，比如"警察在法庭上撒谎"。可以说，这次的排除证据具有划时代的意义。

馆一边听主文宣读，一边看着自己辛辛苦苦做出来的"树形图"，这边在图里追着念到的证据编号，那边确认着没念到的部分。

（这也太赞了！）

馆完全没想到排除证据会有这样好的效果，惊讶得说不出话。毕竟，排除证据对他来说，还只在准备司法考试的学习里见过。

（棒极了！）

小林也喜不自胜。主审法官宣读主文的时候，他一直盯着检察官的表情。小林一直认为排除证据这件事本身更重要，反而对排除的范围没那么在意。比起这个，他还关心检察官会不会露出"不会吧？"这样的神情。不过，检察官毕竟是专业出身，丝毫没有流露出慌乱的表情。

西村也没有看证据一览表。他本来以为有可能一个证据都不会被排除，没想到竟然排除了这么多，对这个结果相当惊讶。

坐在前排中间的西村，在宣读排除证据的一瞬间，刚好对上了左边龟石的眼光。相对无言，但彼此的眼神里都是满满喜悦，下一秒两个人立即恢复平静。因为他们接受的训练是，刑事审判过程中，不能在法庭上露出笑脸，甚至露出牙齿都不行。无论得到多么开心的结果，必须从头到尾保持同一个表情。说起来，和其他小伙伴相比，西村对排除证据的结果显得相对冷淡。因为他负责的是对强制措施的判定，只要这一部分还没赢下来，自己参与这个案子的意义还没有显现。

强制措施

主审法官宣读完主文，继续说道："以上为主文。以下陈述理由。"

关于西村负责的GPS侦查的法律属性，主审法官陈述如下：

"本案的GPS侦查，虽然有具体内容作为前提条件，但与只靠肉眼的侦查有本质区别，本院认为这与以跟踪等作为辅助手段的任意措施不可混为一谈，相反，这种侦查内在地也必然地会造成严重的隐私侵犯。

"考虑到GPS的私密性，如果没有取得管理权者的许可，应拿到下发的令状后才能进入私人领地。在本案中，至少在管理权者许可存疑之处，安装及拆卸GPS终端时，很难排除对管理权者造成利益侵害的可能性。

"因此，本案的GPS侦查，严重侵犯了目标车辆使用者的隐私，本院认为属于强制措施。另外，本案通过GPS侦查得到的位置信息，即便只是目标车辆使用者在公路上的行驶记录，参照前述性质，也不能改变本案判定GPS侦查之属性的结论。"

大阪地方法院在日本历史上第一次判断了GPS侦查是强制

措施，执行时需要拿到令状。并且，主审法官还提到了关于违法收集证据的问题，陈述如下：

"本案所涉GPS侦查行为，无视令状主义的精神，是严重违法，如果宣判主文中提到的各项通过GPS侦查得到的证据以及与此有密切关联性的证据被认可的话，从将来要遏制违法侦查的立场来看，极为不当，因此，对这些证据的证据效力均予以否定。"

这里出现了一个有点陌生的表述，"无视令状主义的精神，是严重违法"。1978年最高法院的一个判例里，也是因为违法侦查而不采用证据，用到了这句话，"无视令状主义的精神，是严重违法"。换句话说，这句话是判断违法侦查的教科书句式，也是违法程度最严重的情况下使用的表述。反过来，如果违法侦查的程度还不至于使用最严厉的表述，也就很难被排除证据。对辩护团来说，这句话简直是他们"最想听到的一句话"。

但辩护团的主张也被驳回了一部分。不过，本来也不可能排除辩护团提出的所有证据。

没有被认可的主张是以下内容：

"本案GPS侦查，是警方通过手机等画面接收的GPS终端发来的位置信息，以及侦查人员通过五官功能的观察实现的，具有勘验的性质。因此，本案GPS侦查在没有勘验许可令的情况下进行，无法逃脱无令状勘验的批判，可以说是违法。

"本案里，警方明明有充分时间可以申请勘验许可令，接受司法审查，而且申请令状时并无任何阻碍，却懈怠了这一点，在无令状的情况下长时间展开GPS侦查，对此也没有及时进行检讨。我方不得不指出,警方在此存在轻视令状主义的态度。"

辩护团本来主张有必要对令状重新立法,但主审法官判断勘验许可令,也就是现有的令状是可行的。勘验的定义中,有"运用五官功能去认识"这种极为暧昧不清的表述,所以实际使用也就容易出现暗箱操作了。如果申请这种勘验许可令就能允许GPS侦查的话,今后还是很难阻止警察对此的肆意使用。

当天的"决定是否采用证据"环节,以控方和辩方双双提出异议的"双方异议"而告终。晚上,辩护团的聚餐去了大阪的"万野肉屋"。

虽说需要重新立法的判断没有通过,但大家最为重视的强制措施的判定倒是被成功引出了,还一举攻下了排除违法收集的证据的难关,聚餐洋溢着庆功宴式的喜悦氛围。

当天傍晚开始,关于决定是否采用证据的报道已经播出。不过,辩护团对部分媒体的论调感到有些不适,在群聊里也讨论到了这一点。

"我觉得他们一直在强调,'专家意见分为两派',还有就是介绍警察的辩解时,好像表示很理解他们似的。"(西村)

"对对。报道都在说'专家们的判断分为两派',并非如此啊。和安装的时间长短什么的没有关系,要是大家不明白GPS是侵犯隐私的高精准度的东西,起不到效果啊。警察厅好像也说了'地方法院的判断分为两派,我们当前不会做出改变'。"(龟石)

"我们并没有否定GPS侦查,只是在强调需要拿到令状、遵守规则才能实施,有机会的话,要解释这个误会,不是说保护罪

犯的隐私比侦查更重要。"（西村）

"是的，我们没有争论GPS侦查的有效性和必要性。不过短时间内让大家明白挺难的，我们试试吧！"（小林）

判决日

6月19日这天，大家迎来最终辩论的日子。

控方提出了对黑田惩以有期徒刑七年的求刑申请，理由是，"以职业性集团犯罪的形式作案，手法熟练，有计划且胆大妄为，性质极为恶劣。被起诉的案件只是冰山一角，考虑到其惯犯性质，极有可能再次作案，被害者也期待对被告予以惩罚"。

辩护团对此提出反对，认为控方提起的公诉是基于严重违法得到的证据，因此公诉应予以驳回。紧接着就"严重违法侦查与量刑"之间关系的问题做了重点陈述。

"如果本案在已确认侦查过程中存在无视令状主义的精神造成严重违法的情况下，最终依然判定被告有罪，而且量刑上丝毫不考虑违法侦查造成的影响的话，今后侦查机关将不会有任何改变。黑田就针对他本人展开的违法侦查展开辩护，并不是为争取减轻量刑，反而因为手续延长，导致他的拘留时间长达一年五个月。在此情况下，他依然不放弃向法院寻求说法，是源于其不公之感——是否警察无论做什么，最终都会被认可？我们认为应该在针对黑田展开的严重违法侦查这一问题给予适当考虑的基础上作出量刑。"

辩护团主张，放线侦查放任了当事人犯下更多罪行，侦查机关对此应负有部分责任；GPS侦查侵犯了被告的隐私，也侵害了被告的重大权利和利益,应该减轻对被告的量刑。

公审终于迎来了最终局面。7月10日,是判决的日子。

决定是否采用证据是这次审判的高潮,而判决只是正式宣布黑田将坐几年牢而已。辩护团虽然提出了驳回公诉的主张,但从现实来看,黑田等人犯了盗窃罪也是不争的事实。即便排除了违法收集的证据,被采用的证据也足以判定其有罪。而且,就算违法侦查对量刑有影响,驳回公诉或者被判无罪的可能性几乎为零。

"对黑田行男盗窃、非法入室、破坏建筑物一案,本院在检察官和辩护律师双方出庭的情况下进行了审理,并作出如下判决。主文。判处被告有期徒刑五年六个月。判决前拘留的四百天,也将计入刑期。"

对检察官提出的有期徒刑七年的求刑申请,法院最后判定了五年六个月的刑期。黑田此前一年五个月的拘留期中,有四百天也被算入刑期,也就相当于已经服刑了一年一个月,剩余实际服刑时间还有四年五个月。

"理由如下。"主审法官继续宣读手里的文件。

逐一宣读的是黑田被起诉的十起案子,以及被采用的证据,包括量刑时参考的法律条文也全部公开了。接着,主审法官提到法院对争点的判断,一并宣读了量刑理由。然而,问题出现在以下内容:

"此外,针对辩护律师提出的,本案的GPS侦查是严重违法行为,应作为对被告有利的事项加以考虑的主张,本院讨论结果如下。"

主审法官对辩护团的主张，公开了法院的意见：

"本案所涉GPS侦查，无视令状主义的精神，确系严重违法。但量刑的关键在于被告所犯罪行之严重程度。侦查手段的违法性对本案各犯罪事实的违法性，以及被告所需承担的责任没有任何影响。另外，从预防犯罪的立场来看，如果把本案GPS侦查的违法性在量刑上加以考虑，对于被告反省罪行重新做人并无直接正面影响。因此，从行为责任和预防犯罪的立场出发，本案涉及严重违法的GPS侦查，不应作为量刑上的考虑因素。

"在检察官请求的证据里，本庭已经否定了相当数量违法收集得到的证据及衍生证据的证据效力，驳回了证据调查的申请。考虑到目前除了本案，还没有审判GPS侦查的判例，今后继续进行此类违法侦查的话另当别论，但现阶段，在驳回证据调查申请的基础上，以GPS侦查违法为理由，希望对被告减轻量刑的主张，很难说符合正义与公平原则。

"本案的GPS侦查措施，并非明显的暴力行为或恶劣的侮辱性对待他人之行为，以上二者具备法律无法容忍的侵犯人权之属性，不能通过下发令状的形式来恰当执行，而GPS侦查不属此列。因此，从正义与公平的立场出发，本案所涉GPS侦查的违法性在量刑上不予以考虑。"

主审法官读完最后一句话，就宣布退庭了。漫长的审判，也就此划上了句号。

八十分的结果

辩护团对主审法官说的"在量刑上不予考虑"，有些出乎意料。判决的两天前,记者俱乐部①的人还联系上龟石,申请加入宣布判决后的记者招待会。为此,辩护团还特意在群聊里讨论了面对媒体时的发言。从当时的聊天来看,大家都是以"在量刑上加以考虑"为前提在准备。

"'虽说公诉没被驳回很遗憾,但违法侦查的存在在量刑上做了适当考虑这一点,我认为还是值得赞赏的',这样说怎么样?"(龟石)

"只要说是恰当的判决就可以了吧,如何? 我觉得不用特别强调什么,因为只是有可能在量刑上有所考虑。"(小林)

现在已经得到了"GPS侦查是强制措施,所以违法"这样的结论。违法收集到的证据也被排除了,但无论有没有GPS侦查这一违法侦查行为,法院都只是宣告了"有期徒刑若干年"这个判决,就结束了审判。对辩护团来说,法律性质层面上得到了有利结果,但对被告来说,只是徒增了人身拘留的时间,花费了一年时间等待审判,最终得到的不过是和普通审判差不多的量刑。争论GPS侦查的违法性对刑事诉讼学会和法律界来说,有着极为重大的意义,但仅从量刑角度看,对被告完全没有产生益处。

记者招待会上,龟石带着怒气表达了对法院的不满。

"说是排除了证据,但结果还是用余下的证据常规地判定有罪,常规地作出了量刑。如果无视令状主义的精神造成了严重

---

① 记者俱乐部指的是日本特定新闻机构在首相官邸、省厅、地方自治体、地方公共团体、警察、业界团体等地设置的记者室并排他的组织。若未加入记者俱乐部的记者,特别是杂志或是自由撰稿记者,很难进行采访任务。被视为日本封建、封闭排外体制的象征,而受日本以外媒体的批评。

违法，最终却还是像这样常规断罪量刑，侦查机关不会有任何改变，可能还会重复一样的事情。"

可话虽如此，真要上诉的话还是有诸多麻烦。因为上诉审理后，还能不能维持GPS侦查是强制措施的判断，谁也不能打保票。

辩护团如果上诉，可以一争的是"GPS侦查只需要勘验许可令"这个内容，以及尽管100%排除证据不可能，也力争排除到50%。不过，要让法院作出勘验许可令不够充分，有必要重新立法这个判断，真是难如登天。同样地，想争取100%的排除证据也困难重重。

辩护团明白，这次的结果没有拿到满分，最多算八十分。如果硬着头皮坚持上诉，很可能在二审中得到与自己主张不同的判断，结果本利无归。

当然，比这些更需要优先考虑的是被告的意愿。本来这场诉讼就是从黑田的想法开始的，因为他无法理解"警察是可以这么做的吗"，所以，辩护团认为，即便黑田多少有些不满，但尽量还是让他接受目前的结果，就这样吧。

没想到的是，黑田的想法和辩护团预测的完全不同。

第七章　后退一步

判决日当天晚上，辩护团的庆功宴没有吃烤肉，而是去了家意大利餐厅。龟石特意选了家比平时更贵、更高级的店。一审判决结果的确定，也意味着辩护团工作的结束。这天的庆功宴，也可以说是辩护团的"散伙饭"。

还是这群熟悉的小伙伴，大家说着实习时代的过往，喜笑颜开。

"什么嘛！这个判决结果也太没意思了！"

龟石嘴上对法院的判决吐露着不满，但其实并没有真的生气。

"黑田……会不会说要上诉呢？"

针对龟石的这个想法，大家热闹了起来。

"如果上诉的话，二审会有多大把握呢？"

"那强制措施这个判定，会不会改变？"

《刑事诉讼法》第402条规定，对于被告提起上诉的案件，不得宣判重于原判决（即正在审理的案件的前一审判决）的刑罚。也就是说，被告、辩方提起上诉的话，不会被判超过五年六个月的量刑。不过，决定是否采用证据程序里被排除的证据，GPS侦查属于强制措施这些已经明确的判定结果，是维持不变还是发生变化，没人能说得准。

最终，辩护团的讨论结果趋向一致，"不要说改变量刑，GPS侦查作为强制措施的判定都有可能变成任意措施"。强制措施改判为任意措施，而且维持五年六个月的量刑——这就是上诉可能承担的风险。

"但，无论怎么说，还是要看黑田本人的意思。"

关于上诉的话题到此打住，再次切换到了实习时代的趣事。大家的脸上又洋溢起了轻松愉快的笑容。

"请帮我上诉"

判决结果的下达，也意味着被告的保释效力中止。黑田收到结果后，再次拜托龟石帮他提交保释申请。再次保释许可决定下来后，还可以暂时在外面过一段时间。距离上诉期限还有两周的犹豫时间，刚好也可以慎重考虑。龟石在判决出来的当天就提出了再次保释的申请。第二天，法院作出了许可再次保释的决定。

"请帮我上诉。"

龟石和黑田在电话里沟通了情况后，他当场做了这样的决定。"我不能接受的地方，请帮我全部都再争取一下！"

黑田针对一审判决上无法接受的内容，提出以下三点主张：

1. 追究放线侦查的违法性；

2. 追究跟踪监视侦查的违法性；

3. 驳回公诉。

他其实还想提出，一审判决上证据排除的环节没有排除的证据，希望能全部予以排除，以及，即便被判有罪，也希望把违法侦查的影响考虑在量刑上。

GPS审判的开端，就是源自黑田的愤慨，他不能接受"警察是可以这么做的吗？"这一点。而到了这个阶段，黑田的主张已经变成了更具体也更强硬的内容。

上诉的话，很有可能改变对GPS侦查法律属性的判定结果，把强制措施改判为任意措施。能在一审判决上拿下GPS侦查属于强制措施的判定结果，对龟石来说意义重大，但她并不打算拒绝黑田的请求。如前所述，《刑事诉讼法》有规定，如果控方不上诉，仅仅是被告提起上诉，并不会宣告重于原判决的刑罚（禁止不利变更）。上诉的话，如果对黑田没有造成直接不利的结果，辩护律师也就没有理由改变他的想法。但被告很自然的想法是，是不是可以减轻量刑，哪怕一点点也好，而刑事辩护律师就必须要考虑如何才能实现这个目的。

"我知道了。我接受。"

龟石也当场应承下来。

"但是，就算我们去争辩一审没赢下来的点，也不能期待这次会判你无罪，或者能减轻量刑。就算量刑有可能改变，我觉得也要给被害人做出一些实际的赔偿。"

遭到盗窃团入室盗窃的被害者，大多在经营实体店铺。如果加入了盗窃保险，就会得到相当于被害金额的补偿，而且警察也会归还追回的被盗物品，可以一定程度上挽回损失。

话虽如此，店铺免不了要停业一段日子，还要花时间配合警方的调查，这也是无法估量的损失和精神伤害。所以需要道歉，做出赔偿，表现出认罪的态度。这是唯一可能减轻黑田量刑的办法。

"黑田，你还是诚心诚意地做出赔偿吧。能不能让家里多准备些钱？"

进入二审

接受黑田上诉请求的当天晚上，龟石给辩护团的小伙伴们发了邮件。

"我接受了黑田的上诉请求。他想在上诉审理时就一审判决中不能接受的几个点进行辩护，可能有些难。我觉得尽量给被害者多做些赔偿很关键。各位愿意继续担任上诉的辩护律师吗？"

等待大家回复的时候，龟石心里已经做好了被拒绝的思想准备。

"如果上诉被判成任意措施，那我可不能接受，我就不参与了。"

"龟石和黑田的关系，无法拒绝也能理解，但我们没有这个义务，不好意思，我也不参加。"

龟石本以为会收到这样的回复，不过，这担忧一瞬间就消失了。

"谢谢你！我接受上诉辩护！"（小野）

"当然要支持你啦！"（西村）

"上诉必须让我参加啊！"（馆）

"我本来就想被你选上呢！"（我妻）

"接受！小启律师，赶紧热身准备应战吧！"（小林）

所有人都答应了龟石的拜托，她开心得在邮件里开起了玩笑。

"谢谢大家！不管是出于对工作的责任感，还是对我的忠诚，我都先谢谢大家了！接下来，我们六人辩护团在上诉中继续并肩战斗！还请多多关照！"

龟石给黑田打电话说了这件事后，很快就收到了六人份的辩护委托书。这里面是满满的信任，"大家一起的话，应该可以做到吧"。

2015年7月24日，在提起上诉期限的最后节点，辩护团向法院提交了"上诉申请书"。控方没有提起上诉。

一审是通过证据调查的结果来判断起诉书指控的犯罪事项是否成立，而二审则是针对上诉申请人书面提出的上诉理由是否成立进行审查。此时提交的书面文件叫"上诉主旨书"。上诉方可以根据《刑事诉讼法》认定的八个上诉理由，包括"违反诉讼手续的法令""量刑不当""误判事实"等，指出一审判决的不当之处。如果上诉主旨书没有涉及上诉理由的任何一条，就很难推翻一审判决。一周后的7月30日，辩护团召开了一次会议，主要讨论选择哪一项理由上诉，以及指出哪些不当之处。最终，大家确定了上诉的方针。

关于"违反诉讼手续的法令",可以以采用了没有证据效力的证据这一点为中心。在证据收集程序这一部分,重新提出关于放线侦查、跟踪监视侦查等侦查手段涉及违法问题的主张。关于GPS侦查,一审已经判决了"属于强制措施,本案在无令状的情况下实施是违法行为",所以也可以围绕着勘验许可令有可能纵容GPS侦查的滥用,以及难以准确评估违法程度这两点提出主张。

还有一个关于"量刑不当"的主张。辩护团想提出的是,即便判定被告有罪,但也存在量刑极为不当的情况,应该把违法侦查的事实考虑在量刑上。

大约过了一周,9月3日,法院发来了通知书,提醒上诉主旨书的提交截止日期。上面写着10月7日是最终期限,同时写明了大阪高等法院的负责部门。

刑事辩护经验丰富的龟石和我妻,看到"第二刑事部"的时候,大吃一惊。对刑事诉讼来说,归属到法院的哪个部门是极为重要的因素。更直接点说,担任判决关键角色的法官的人选不同,会带来完全不同的判决结果。

大阪高等法院的刑事部有六个部门,从第一刑事部到第六刑事部。二审肯定是以三人合议庭的方式进行,一般是由部长(部门总判事)担任主审法官。第二刑事部的部长是横田信之,他在大阪地方法院任职了很长时间后,调去了大阪高等法院。他最广为人知的事迹就是会下达无罪判决。一般刑事辩护律师知道自己的案子归属到横田的部门后,都会期待着这个法官也许会支持辩方的主张。

二审是合议庭形式进行，三位法官里有人提出GPS侦查是任意措施也不意外，但横田做主审法官的话，会不会维持一审的强制措施判断呢——龟石的期待顿时高涨了起来。

这一期间，全国各地都开始出现了问责无令状的GPS侦查是否合法的官司。虽然具体案件不尽相同，但侦查机关没有获得令状就安装GPS的做法，或者检察官强调"这是任意措施，所以没有问题"的主张，本质上是一样的。黑田的审判上法院做出强制措施的判断后，全国的刑事辩护律师都和龟石辩护团站在了一起，开始提出相同的主张和立证。然而，各地地方法院还是做出了不一样的判决，有的判强制措施，有的判任意措施。或者也可以说，针对"GPS搜查是否造成隐私侵犯"这一点，完全依赖于法官个人的判断。

辩护团对横田的审判充满了期待，斗志满满地准备着上诉主旨书。10月7日，提交截止日期的当天傍晚，主旨书被提交了上去。

11月27日，大家收到了检察官的"答辩书"。

"辩方主张之理由不能成立。"

通常来说，辩方提起上诉后，即便提交了上诉主旨书，检察官不回复答辩书直接进入第一次公审的情况居多。但遇到重大案件，检察官接受辩方的上诉主旨书后，作为反方会发出答辩书。不过这也侧面说明检察官有了危机感。看完只有五页的答辩书，龟石觉得没什么说服力，推测二审法庭大概也不会采用任意措施的说法。她甚至还想象着二审会采纳辩方主张，最终得到更向前一步的审判结果。

怒气冲天

二审先以书面审理方式进行，之后再开庭。但重新请求调查取证的情况较少，不会像一审那样反复开庭，耗时长久。大多数情况下，只会进行一次开庭，时间也在五到十分钟之间，最多三十分钟就结束了。

辩方提起上诉的话，主审法官会说："辩护律师提出了上诉主旨书，是按此进行陈述吗？"辩护律师只需回答"是的"。接下来主审法官会让检察官做答辩，检察官也只需回答"我认为本案上诉理由不成立"即可。控方和辩方都没有提出证据调查请求的话，主审法官就可以宣布"开庭到此结束，兹定于某月某日进行宣判"，之后闭庭。

龟石辩护团向法官陈述了黑田做出赔偿的经过，同时提出了对跟踪监视侦查的新证据进行调查的申请。检察官对辩方的申请提出了异议，但主审法官横田与左右陪审法官合议后，宣布"本院接受申请"。上诉法院可以利用职权决定是否调查取证，一旦启动职权，也就意味着采用了辩护团的证据。

然而，离判决还有两周时间的2016年2月14日，传出了横田将要"退休"的谣言。具体情况还不清楚，但无风不起浪，越传越真。案子还在审判中，虽说也有中途遇到因为人事调动和离职等原因交接的情况，但这个时候突然换掉主审法官，对龟石他们来说简直是晴天霹雳。很有可能是这个判决已经有了结果，而横田与这个结果脱不了关系。不会推翻一审判决里GPS侦查属于强制措施的判断吧？

但不到3月2日的判决日,谁也不知道会怎么样。

代替横田坐在主审法官位子上的,是一位女法官。

"横田主审法官已退休,本案判决结果由我代为宣读。"

代理主审法官说完这句话,直入主题。

"主文。驳回本案上诉。"

驳回上诉,确实也是辩护团料想到的结果之一。虽说黑田也重新给被害者做出了赔偿,但金额也就三十万日元左右,不能期待以此获得多大减轻量刑的可能。

(驳回啊!算了,反正也料想到了。)

龟石心里已经飙起了脏话,但她在等着代理主审法官接下来的话。

"理由如下。"

理由的前半部分读的都是辩护律师的上诉理由,检察官的答辩意见,还有一审判决的概述。至于决定是否采用证据的判断,以及放线侦查、跟踪监视侦查等相关内容,高等法院并不认为一审判决有任何不当之处。

问题在于从这里开始的下文。辩方在上诉主旨书里已经提到,一审作出的"GPS侦查在拿到勘验许可令的情况下可以进行"这一结论是不合法的,系判决不当。高等法院因此重新核查了侦查过程,并就是否违法进行了讨论,公布了结果。然而,事态的发展却转向了完全相反的方向。

龟石还能镇定地听完代理主审法官前半部分的发言,但听到后半部分,她渐渐按捺不住自己的情绪了。

"……在完全没有线索能获取目标所在位置的地点的情况

下，只是在一定程度上即时获取了其位置信息，根据具体实施方法，也有可能涉及侵犯侦查目标的隐私……"

（什么？）

代理主审法官读的这一部分的意思，是在对GPS侦查造成的隐私侵犯做低度评估，而且，还涉及了"程度论"（具体实施程度会左右措施的性质，称之为程度论）的说法，虽然辩护团一再说明程度论"绝对有误"，但这里出现的"一定程度""根据具体实施方法"等用语就是程度论的表述。

（不是"在一定程度上即时"，明明就是"即时"啊！）

（也不是"根据具体实施方法"，是"只要有一次获取了位置信息就侵犯到了隐私"啊！）

龟石此时已经对法院产生了质疑。而且，眼下也可以预料到，法官会在判决书上给出什么样的结论了。但龟石还是等着代理主审法官的下一句话。

"……据此获取的信息只限定在目标车辆的所在位置，并没有获取车辆使用者明确的行动状况，这与跟踪、埋伏等情况不同……"

（一派胡言！明明就是掌握了对方的行动状况！）

"此外，警方在一段时期（时间）内无间断获取各车辆位置信息，积累信息，并不能据此认为警方掌握了目标在过往时间段内完整的位置（移动）信息，因此也可以判定，其对隐私的侵犯并非必然程度严重……"

程度论后面，竟然是这些模棱两可的话。龟石已经感觉到自己的怒气了。但没想到，代理主审法官后面的发言，更让她怒气冲天。

"……就这点而言，一审采纳证据得出的结论，即使用GPS实施的侦查可能严重侵犯了目标车辆使用者的隐私，属于强制措施，在无令状的情况下实施属于违法行为这一判断，并非没有任何商榷余地。但至少在本案中，GPS侦查并不构成严重违法。因此，本院认为，无法采用辩方提出的本案GPS侦查违反了强制措施法定主义，无论是否有令状都不能合法实施之主张。"

连平时最温和的我妻听到那句"GPS侦查并不构成严重违法"，都气得发抖了。小林听到"无法"这个词的时候，一时间难以接受。无法不就是说没有讨论余地了吗？但小林写上诉主旨书的时候，查遍了最高法院的判例，还引用了很多大家学者的著作和论文。那些和过往判例、学说不同的少数派观点，他几乎都没用，用的全是最可靠的文献，但居然没有任何理由就被判定成"没有意义"，到底是什么情况？他也觉得莫名其妙。

因为大家对横田法官抱的期待太大，此刻的失望也就更大。虽然确实有法官在调动和退休前夕，会直接丢个烂摊子审判给下一任，但……怎么偏偏就是横田会留下这个烫手山芋呢？龟石丧气极了。

决定申诉

判断任意措施的合法性时，根据以往判例，需要考量三个要素，即"侦查的必要性""紧急性""手段的适当性"。简单来说，只要满足以上这些条件，基本可以判断其为合法的任意措施（任意侦查）。

辩护团一直坚持主张强制措施的判断，所以对涉及与任意措施相关的词汇相当敏感。但代理主审法官读到的以下这一部分内容,用的全部是这类词汇。

"……被告等犯罪团伙,在一系列盗窃案件中存在相当程度的嫌疑……为了对被告等人进行必要的行踪确认,不仅有必要实施跟踪和埋伏,有时也需要使用GPS对相关车辆实施位置搜索。……鉴于一系列盗窃案件及犯罪团伙的性质,考察警方进行的侦查过程,相关措施可以说不得已而为之,并且,在多台车辆安装发射器这一点上,也是基于被告等人频繁且反复换乘车辆等情况而做出的反应,本院认为理由相当充分……"

(看来高等法院在考虑定成任意措施了,否则,不会出现"嫌疑""必要性""相当"等用来判断任意措施合法性的词汇。)

龟石此时已经气得浑身发抖,但谁也没想到,让辩护团的愤怒不断升级的句子,还在接连不断地从代理主审法官口中说出来。

"……即便认为本案GPS侦查的实施需要令状,也要考虑到下发令状需要满足一定条件,此外,本案GPS侦查实施之前,并未有任何公开以及确定的司法判断,认为此侦查属于强制措施,考虑到这一点,在实施过程中,本院很难认定警方有意逃脱令状主义的相关规定……

"……警方在中野使用的摩托车上,拆卸部分零件安装发射器的行为属实,但并未损伤及破坏车体……违法程度极其轻微,基于此,本案GPS侦查很难被认定为严重违法……

"一审法院在证据认定环节中,……鉴于本案中警方没有申请勘验许可令,认定其是无视令状主义的态度表现,对此做出了批评。然而……对本案中警方没有请求令状的行为被认定是无视令状主义的态度这一论断,我们认为有失偏颇。虽然一审的证据认定基于以上评价，但本院并不完全认同本案GPS侦查无视令状主义属于严重违法……

"……本案中警方在车辆上安装发射器的行为，多次涉嫌违法，虽然存在需要遵守的保密原则，但在组织内部，存在没有贯彻落实需要办理的……各项手续的嫌疑，让人倍感遗憾。然而，就本案实施的GPS侦查来看，并不能认定其为严重违法……辩方提出，此行为违反强制措施法定主义，无论有无令状均无可能合法实施……鉴于以上前提，本院决定不采用辩方提出的本案侦查属于严重违法的主张。"

一直听到这里，谁都没搞明白代理主审法官的话。大家现在完全搞不懂了，高等法院到底在做什么判决。听起来像是支持GPS侦查任意措施之说，但又不明确说是任意措施，反过来也没有说是强制措施，到最后也没判断无令状实施的GPS侦查是否合法。辩护团的人全蒙了。

判决下达后的记者招待会上，龟石代表辩护团把心中的不满一股脑倒了出来。

"比起一审的证据决定，我认为这次的判决内容是大退步，完全没有明确到底是任意措施还是强制措施，只说了一大堆暗示是任意措施的冠冕堂皇的话。可是，到最后还是没明确表示说就是任意措施，这让我们感到法院的态度极度暧昧，是在有意避开下判断。而且，从结论来看，完全否定了一审'无视令状主义的精神，属于严重违法'这一判决，我们无论如何也无法接受。这是一次极为不当的判决，这种结果不能让人信服。"

判决结束后，大家暂时回归各自的工作岗位，但怒气和疑虑并没有消失。龟石拿到判决要旨的当天下午，通过群消息分享给了大家。反复读了之后，大家纷纷表示愤慨。

"我预想着会说成是任意措施呢，但感觉也没说是啊。这些用词太绕了，可是好像还是否定了违反令状主义行为的严重性，而且所有理由都让人很难接受啊！"（西村）

西村觉得法庭上听到的判决的印象，和现在手里读到的这份文件的意思，有些出入。他记得法庭上听到法官说GPS侦查"不属于强制措施"，但读了这份判决书，好像又没对法律属性做判断。不过，即便表达上没有否定强制措施，但整体的语气来看也和否定差不多了。

"果然是个让人无奈的判决啊！我本来想着看一看他们如何讨论到底有没有违反强制措施法定主义，没想到这个判决居然可以有很多种解读版本啊，这倒是挺意外的。如果高等法院无法做出判断，我们要不要试一下最高法院呢？只是，到最高法院申诉的话，准备工作可就麻烦了。我觉得，至少得先问一下刑事诉讼法学者的意见。"（小林）

龟石和馆也直接把申诉的想法说了出来。

"我又读了一遍，还是觉得太过分了。这种说法很难让人信服啊。"（龟石）

"这是我们朝着申诉目标挺进的聚会！"（馆）

辩护团内部已经达成了必须申诉的默契。虽然各地法院的判决不一，但最高法院不会做出如此模糊不清的判决。

但是，是否申诉也还是要先确认黑田本人的意思。

第八章　平地惊雷

二审的判决结果出来前，龟石收到了黑田的联络。

"龟石律师，我马上就要去监狱服刑了。我想早点回去。"

判决一下来就要去服刑——电话里的黑田已经有了这个思想准备。虽然龟石当时还没想到二审的判决结果会这么过分，以防万一，她还是说得极为谨慎。

"是吧。但还是要看判决的内容，判决一出来我会马上和你商量。"

"请申诉"

二审判决结束后，龟石在3月10日联系了黑田，离判决日当天仅仅过去了八天时间。黑田说，他已经在电视上看到了二审结束后辩护团的记者招待会，而且，他的语气仍旧是刚认识时那般清爽。

"各位律师是不是也完全无法接受？"

"是的，虽然我们知道很难改变五年六个月的量刑，但比起一审得到的结果，这次等于是全面倒退，我自己也非常生气。"

"嗯，我明白。"

"所以，对这样的判决我们无法接受……但，申诉的话，可能需要好几个月，甚至一年多时间才能等到最高法院的结果。接下来怎么办，还是要看你的意思。"

总是当即作出决定的黑田，这次沉默了。龟石等着他的回复。

通常，定下了服刑期限的被告，刚开始对要进入监狱的时候都很排斥，为了能在外面多待一阵会想尽一切办法。但随着时间流逝，心态也会慢慢转变，只想早点服刑结束刑期，重新回到外面的世界。黑田在一审判决出来的时候，也很想继续待在外面，这段时间他已经开始倾向于去服刑了。反正无论如何都要服刑，待在外面只会让精神更痛苦。龟石很清楚这一点，作为辩护律师，即便她自己并不服高等法院的判决，但究竟要不要申诉，还是要看被告本人的意愿。

"……我明白了。"黑田像是下定了决心，语气坚定地说，"那，能麻烦你再帮我做一次保释申请吗？请帮我申诉。"

坦白说，申诉对黑田并没有直接好处。判断GPS侦查属于强制措施还是任意措施，和量刑一点关系都没有。即便如此，黑田还是不服高等法院的判决，决定申诉。黑田是那种关键时刻很有男子气概的人。

龟石正心里感慨着，又听到黑田明朗的声音："但是，非常对不起！我已经没钱继续给你们付费了。"

当天，龟石在群信息里给辩护团的小伙伴报告了情况。

"我和黑田聊过了。他希望我们做保释申请，继续申诉。"

大家立即发来了回复。

"了解!"(我妻)

"只能接着干了!必须立即去找学者,还要决定任务分配。以此为前提,还要考虑好哪些论点、需要写到哪一步。加油!"(馆)

"明白!想法转变,全力以赴!拜托大家了!"(小林)

"收到!我们一起闯入大法庭吧!"(小野)

"干就是了!"(西村)

大家都表示了继续参加辩护团的决心。龟石当天就提交了保释请求书,第二天收到了保释许可的决定。之后过了三天,2016年3月14日,辩护团向最高法院提交了申诉申请书。

"判决结果完全不能接受,因此提起申诉。"

这桩GPS官司,终于打到了最高法院的舞台上。

四面楚歌

检察官或被告不服二审判决而向最高法院继续提起上诉的程序,就是申诉,但仅仅因为不服判决还不能提起申诉,必须要符合《刑事诉讼法》第405条规定的理由之一,诸如"违反宪法""与最高法院判例相悖"等。

如果不符合第405条的理由,也可以在符合《刑事诉讼法》第411条规定的"显然违反正义原则"的情况下,由最高法院用权限撤销原判决。显然违反正义原则是说二审的判决中,有"违反法令""量刑不当""重大的事实认定错误"等情况,如果最高法院不撤销原判决,就会被认为明显违反正义原则。

提起申诉后,辩护团的主要工作就是写"申诉主旨书",向最高法院传达申诉理由。最高法院法官根据这份申诉主旨书进行审理。所以一定要提出极具说服力的主张。

辩护团从提起申诉后就开始着手准备。三周后的4月4日，辩护团收到了最高法院第二小法庭的书记官发来的"申诉主旨书提交最终日期通知书"，主要写着申诉主旨书提交最终截止日期是5月17日。也就是说，还有四十多天时间，必须在这个期限内提交出去。

最高法院有三个小法庭，共计十五名法官，每个小法庭分别有五名法官审理案件。大多数案件都由各个小法庭审判，全员十五名法官一起审理的大法庭案件，可谓屈指可数。

大家认为，申诉主旨书里，对GPS侦查属于强制措施、涉嫌侵犯隐私权的点，以及一审中提到的需要为GPS侦查特许令状单独立法，而非用现有的勘验许可令的点，必须从违反宪法和做出了与最高法院判例相悖的判断这两个立场进行争论。为了让主张更有说服力，他们还想请教一些学者的意见。这次毕竟是在最高法院审理案件，大家希望请教的学者是法律界无人不知的"泰斗"。不过，围绕着强制措施的看法，辩护团和好几位"泰斗"学者有着明显的意见分歧。

大多数权威学者持传统的强制措施看法，即认为只有在该措施严重侵害了人权，或者侵害了重要的权利和利益的情况下，才可以判定为强制措施。辩护团当然赞同这种看法，但辩护团也主张"哪怕仅进行一次GPS侦查，搜索到的位置信息也会造成重大的隐私侵犯"。同时，学者中也有不少人采用所谓的程度论和任意措施说法，如果只是委托持这种看法的学者来写意见书的话，也很难成为辩护团想主张的强制措施的论据。

辩护团应该找的学者，需要在论文和著作里明确断言"GPS侦查符合即时强制措施"，哪怕他还不是学界里的权威。话虽如此，事情并非一蹴而就。

首先要找到研究方向和辩护团主张接近的学者，他们各自搜索、收集学者的论文和著作，并让辩护团全员仔细阅读。之后，大家一起讨论该学者的意见是否真的与辩护团主张契合，如果判断这位学者适合委托，再寻找学者的联系方式，进而努力约到面谈机会。以当面讨论为基础，再正式委托对方写意见书。经过辩护团和学者的讨论，最后写出申诉主旨书，添附学者的意见书，一并提交——不过，要在四十天时间里完成这些事情，怎么看都不太现实。

最后，辩护团于4月20日向最高法院提交了"延长申诉主旨书提交时限申请书"。他们希望提交期限从最初的截止日期延长三个月，到8月17日。

在等待最高法院回复期间，辩护团动员起已有资源，开始寻找支持强制措施说法的学者。可惜，辩护团被学者们接二连三地拒绝了。

"什么情况？为什么大家都不愿意合作？"

而最高法院对延长申请的回复，对辩护团来说也是雪上加霜。虽然通过了延长申请，但只批准了一个月——第二小法庭的书记官还专门打来电话，补了一刀："因为是有重大争点的案子，我们才批准了延长，不过仅此一次。"

看来之后不能指望继续延长了，也没时间委托知名学者写意见书了，但还是得完成申诉主旨书的流程，写出高质量的内容。

真是四面楚歌啊！龟石想了想，横下一条心。

"好吧！那就不要学者意见书了！"

申诉主旨书

负责辩护团理论支柱的是小林和西村。龟石觉得他们在一审和二审强化理论背景的时候，一直看起来充满自信。二人最后搭建出的GPS侦查属于强制措施的理论框架通俗易懂，让人佩服。他们本人也给人得心应手的感觉，"觉得自己的主张没问题"——至少在群聊上是这样感觉的。

"不过，能拿到学者意见书的话就更好了。"（小林）

"没办法啊！只能把现有资料发挥到最大用处了。"（西村）

向最高法院提交申诉主旨书，对辩护团成员来说几乎都是前所未有的经历。小林对拿不到学者意见书这一点，要说心里没有一丝不安，那肯定是假的。法院这种地方完全就是权威主义，主张全新又有难度的论点，就算再怎么正义，没有权威做后盾的话，不被通过的可能性极高。毕竟，权威还得靠权威去抗衡。辩护团在最高法院这个舞台上作战，没有权威这个武器做装备，只能全靠自己的力量，拼个你死我活了。

《日本国宪法》一共有一百零三条条款，大多数国民只知道其中有言论自由和职业选择的自由，却不清楚里面也规定了刑事程序相关的条文。沉默权（第38条）和委托辩护律师的权利（第37条第3项）就属于此类。宪法学界有不少顶级学者，但专门研究刑事程序相关条文的学者却是屈指可数。

龟石因其他案子和京都大学的一位教授交情甚好，就找他商量关于目前辩护团遇到的难处，对方介绍了冈山大学法学部的副教授山田哲史。山田写过一篇题为《强制措施法定主义的宪法意义》的论文，对辩护团来说是再完美不过的请教对象。说起来，山田还是小野在京大时代的社团后辈，真是有缘。辩护团一直头疼"如何说清 GPS 侦查法律属性违宪"这一点，没想到一个走出迷津的机会从天而降。

和山田约好 5 月 10 日在冈山大学见面后，距离提交申诉主旨书的截止日期也只剩下一个月的时间。请对方写意见书的时间是不够了，只能在搭建申诉理由这一块，多多请教对方的理论建议。几天前的辩护团会议上，大家一起讨论了小林写好的框架，也一并请山田过目。方案的框架如下：

1. 违反宪法

   二审判决中提到，"无法采用辩方提出的本案 GPS 侦查违反了强制措施法定主义（强制措施如无法律依据和法院下发的令状，则不可行使），无论是否有令状都不能合法实施之主张"，这一判决违反了强制措施法定主义，也违反了宪法第 31 条（保障法定程序）、第 35 条（保障住所、文件以及持有物不受侵入、搜查、没收），以及宪法第 13 条（尊重个人及其谋求生存、自由以及幸福的权利）。

2. 与判例相悖

   参照最高法院于 2003 年 2 月 14 日的判决，本案存在程序违法，并且从侦查机关的整体态度来看，在其可以被认定为有意无视令状主义精神的行为中，其回避、无视令状主义精神之违法程度极为严重，因此，相应证据也应该予以排除。

3. 原判决显然违反正义原则，故应撤销

GPS侦查作为侦查手段，属于法律上未认定的强制措施，对基于此类侦查获得的证据，应否定其证据效力，因此应撤销原判决，否则显然违反正义原则。

5月10日，除了我妻因为工作无法参加外，辩护团一行五人一起前往了冈山大学。辩护团里，小林最想亲自听到山田的看法，因为是他写的方案。他一直苦恼的是，二审判决里完全没有出现"宪法"二字，是否还能主张违反宪法这个申诉理由。

小林开门见山地请教了山田。

"高等法院的判决，有没有违反宪法呢？"

"我感觉最高法院也有意在下级审理出现的各种判断中，表达自己的看法，我倒觉得没必要为申诉主旨的内容如此苦恼。如果想说原判决本身违反了宪法，也有值得说的地方。"

山田指出的高等法院的判决是下面这部分：

"使用GPS实施的侦查可能严重侵犯了目标车辆使用者的隐私，属于强制措施，在无令状的情况下实施属于违法行为这一判断，并非没有任何商榷余地，但至少在本案中，GPS侦查并不构成严重违法。因此，本院认为，无法采用辩方提出的本案GPS侦查违反了强制措施法定主义，无论是否有令状都不能合法实施之主张。"

这正是小林对高等法院宣读的内容最愤慨的一部分。山田说虽然不能打包票一定能"赢"，但就此处提出违反宪法不会有太大问题。

"二审判决可以理解为，承认了存在权利侵害，只是严重程度另当别论，但这里并没有写出法律根据。先不管有没有违反强制措施法定主义，这里已经出现了违反宪法第31条的情况。"

"不经法律规定的手续，不能剥夺任何人的生命或自由，或课以其他刑罚。"（《日本国宪法》第31条）①

二审判决里没有出现"宪法"相关字样也可以主张违宪，受到启发的小林可以继续朝这个方向写申诉主旨书了，其他五人也开始准备各自负责的部分。

没有时间了。

每个人都清楚，现在是争分夺秒的关头，可写作进展依旧很慢。龟石看在眼里，急在心里，但还是对小伙伴们抱有信任。

（这些家伙一直都是关键时刻不掉链子，肯定能在截止日期前写出来的。一定能！）

果然，大家在截止日期前三天终于完了工，又把各自的内容汇总起来后做了最终检查。最后完成的申诉主旨书以A4版面横写，足足有八十七页的篇幅。龟石随即用快递将其寄出。

6月1日，辩护律师对申诉能做的事情，总算告一段落了。

---

① 本处译文参考日本国驻华大使馆公开译文，见https://www.cn.emb-japan.go.jp/itpr_zh/kenpo_zh.html。

最高院终审的高墙

2016年7月14日，辩护团举办了申诉主旨书完工的庆功宴，地点仍旧定在辩护团成立的肉问屋。

每个人都不想在这个时候担忧最高法院会做出什么样的判断了。辩护律师在申诉阶段的工作，可以理解为截止到提交申诉主旨书就差不多了，也可以说对被告已经尽到了责任。大家把对二审结果的不满，痛痛快快地发泄在了申诉主旨书里。已经尽到了人事，既没有放弃，也没有消沉，期待嘛，也说不上，就是感觉充实而已。

辩护团成员之所以会有这种感觉，是来自对最高法院的一个"常识"，对于包括辩护律师在内的法律界人士来说这也是人尽皆知的事。

那就是所谓的"最高院终审的高墙"。

提交申诉主旨书后，过一段时间就会收到最高法院寄来的一封信。里面通常只有一张A4纸，写着一句话，"驳回本案申诉"。能开庭审理的案子少之又少，基本上九成的申诉案件都不用等到开庭，就以收到薄薄一张纸画上句号。辩护律师一般都自嘲地把这张纸叫作"休书"①。比起民事案件，刑事案件能开庭的概率就更低了。不管二审的判决有多么过分，也不论多不能接受这个过分的结果去提起申诉，都要做好接回原判决的思想

---

① 日语原文为"三下リ半"，意为"三行半"，是日本古代丈夫要休妻时所写的休妻书，一般写成三行半的格式。

准备。这简直是一道让人绝望的高墙。

说实话,辩护团里每个人都希望在"休书"这里结束。这么说并不是对自己写的申诉主旨书没信心,而是基于过往的申诉情况。提交申诉的案件里,只有百分之几的案子被法官拿到评议室进行审议,而成为审议对象的案件里,又只有百分之几的案子能被允许开庭进行辩护。这种概率和中彩票差不多了,所以大家都觉得,GPS侦查案件也不过在最高法院的裁量案堆里被丢弃而已。

原本,申诉在辩护律师的工作里也算是极特殊的情况。二审败诉后,大多数当事人都会选择放弃。除非是引起轰动的大案,申诉普通案件不过是想争取点时间,这才真的需要"不服输"的精神。所以很多人知道没可能赢,索性就放弃了。

辩护团里也有人做过申诉,但全部都以接到"休书"告终。因为没有除此之外的经历,也就无法想象除此之外的可能性。每个辩护律师都自然而然认为,提交申诉主旨书后,赶紧按照优先顺序去处理其他案子才是正经事。

2016年10月5日,大概刚过下午3点的时候。

日历上已是秋天,但大阪的夏天格外漫长。龟石撑着太阳伞,一边擦着渗出的汗水,一边朝大阪府警署本部走去。她正要去见最近负责的刑事案件的嫌疑人。这时距离提交申诉主旨书,已经过去了将近四个月的时间。

几乎同一时间,龟石事务所接到了一通电话。是最高法院一名叫津田的书记官打来的。接电话的女职员告知对方龟石不在,津田便留下了讯息。女职员立即给龟石发去了邮件。将电话留言以邮件形式发送给本人，是事务所的规定。

　　龟石在会面室见嫌疑人的时候，手机没有一点信号。等结束会面走出房间，龟石习惯性走到有信号的地方，立即取出手机。查收信息时，收到了好几封新邮件。其中就有女职员发来的留言邮件。打开一看，是"最高法院津田书记官的留言"：

　　"关于黑田行男的案件，本院决定在大法庭进行审理。本通知书发送至龟石律师。"

　　（嗯？这是什么情况？）

　　龟石像是自言自语一样嘟囔着。

　　她完全不知道要怎么办，连接下来要做什么都想不到。

　　最高法院的大法庭，那可是遥不可及的存在啊！

　　出神了一会儿，龟石有点反应过来了。必须立即通知大家！总算回过神的龟石，索性站在大阪府警署本部会面室门外的走廊上，直接给大家发了群信息。这时是下午3点24分。

　　"这是什么情况？"

　　两分钟后，我妻发来了回复。

　　"哇，这是不是说要进行辩论了？"

　　我妻已经想到了很远的地方，想到辩护团一起准备辩论，在大法庭上一争高下。

　　看到我妻的回复，龟石也兴奋起来。

　　"果然是这个意思吗？这回算是闹大了吧？"

　　接着馆发来了信息。

　　"天啊！这下可不得了啦！"

　　馆也惊呆了。在辩护律师的世界里，能移交最高法院大法庭的案子简直像"都市传说"一样稀奇。谁也没想到自己能有这样的经历。馆立即在网上查了查进入平成年代后移交大法庭审理的刑事案件。搜索结果比预料的还要少，只有以下区区三件：

- 1995年2月22日判决　违反《外国汇率及外国贸易管理法》、行贿受贿、违反《议会内证人宣誓及证言等相关法律》起诉案
- 2003年4月23日判决　侵吞业务起诉案
- 2011年11月16日判决　违反《兴奋剂取缔法》、违反《关税法》起诉案

也就是说，GPS审判将成为平成时代移交大法庭的第四个案子。馆把这些资料做成表格，分享在了群信息里。

这时小林也回复了。

"难道是，违宪判决？"

小林考虑的是，既然移交大法庭，肯定要做出只有大法庭才能做出的判断。换句话说，是不是要用违反宪法来撤销原判决呢？原本在大法庭审理就是个非常麻烦的事，十五位法官要全体出庭，仅仅是按计划进行，这工作量都够折腾了。即便如此也要审理，只能理解为要做出极为有影响力的判决了。如果只是判决"任意措施合法，驳回申诉"，那完全没必要大张旗鼓地安排到大法庭嘛！

西村稍晚加入了聊天，他也觉得既然移交大法庭，应该不会

做出对辩护团不利的判决。至少也可以得到强制措施的判断。辩护团众人的信心油然而生。

馆再次发言。

"既然移交大法庭，应该会判违反宪法或者与判例相悖吧？但在哪一点上，如何违反了宪法，与哪一个判例相悖，现在成了最大的期待呢！"

大法庭辩论

辩护团召开了一次研讨会，来预测大法庭的判断。

移交大法庭的时候，辩护团成员大多认为会开庭"辩论"，也就是在最高法院的大法庭展开对这个案件的辩论，辩护团全体一起参与。然而，对最高法院比较熟悉的"业内人士"给了他们这样的提醒："如果要改变有罪无罪的判决结果，或者撤销原判决的情况，才会进行辩论，只是判断GPS侦查合法性的话，有可能驳回申诉，那就不需要辩论了。"

可是最高法院会做什么样的判断呢？辩护团整理出各种可能性。

通常，提起申诉的案件可能得到两种结论。一种是"撤销原判决"，另一种是"驳回申诉"。撤销原判决，也就是否定高等法院的判决，那就可能判决违反了宪法，或者与判例相悖。这种情况下，是退回高等法院重新判决，还是由最高法院以"自判"的形式进行判决，目前谁也不知道。不过，撤销原判决的案例少之又少，平成时代移交大法庭的三起案件，都还没出现撤销原判决的情况，辩护团也预测应该不会朝着这个方向发展。

另一种情况是驳回申诉，正如字面意思，也就是做出支持高等法院判决的判断。GPS审判的二审判决，只提到了"没有重大违法"，基本维持了一审判决的核心内容。黑田被判有罪，量刑五年六个月的结论没有任何更改。如果最高法院继续维持二审的结论，也就等于驳回申诉。

不过，辩护团在申诉主旨书里提出GPS侦查作为强制措施，应重新审视其违法性。而另一边，检察官也提交了意见书，主张其作为任意措施不存在问题。无令状的GPS侦查存在违法性这一事实已然明确，大法庭很可能针对它到底是任意措施还是强制措施做出判断。宣读判决的主要理由后，往往会接一句"此外……"，这种句式开头的内容也被称为"附注"。很可能在这一部分会出现对GPS侦查法律属性的判断。

判决除了考虑法庭意见，也就是最高法院十五名法官的多数派意见之外，也会添加少数派的异议意见。比如法庭意见赞同一审判断的"GPS侦查虽然是强制措施，但可以用勘验许可令实施"的意见，却也可能同时添加异议意见，支持"GPS侦查是强制措施，且不得以勘验许可令实施，需要重新立法"这一观点——这些都存在于辩护团的设想中。

之后一段时间，大法庭暂时没有任何动向，大家的兴奋和喜悦也渐渐冷静下来，辩护团成员们再次回归了日常工作。

但惊喜往往悄然而至。11月28日，最高法院的津田书记官又给龟石打了电话。

"2017年2月22日下午2点，拟进行本案的开庭辩论。"

龟石的反应和一开始知道移交大法庭的时刻一样震撼。

（辩论？不是"休书"？）

"请你转达给辩护团的各位，还请大家调整日程，11月30日之前给我们回复。另外，这个日期还没有正式敲定，所以务必保密。"

放下话筒，龟石激动地第一时间在群消息上通知了大家。

"刚刚最高法院大法庭的书记官打来了电话，说明年2月22号下午2点开庭辩论。让我们调整好时间后，30号之前给他们回复。全部都是2的日子，好像是个好日子啊！我那天没安排！"

龟石发出去后，辩护团的回复立即热闹起来。

"终于等到这一天了！我也有时间！"（小野）

"馆上《情热大陆》[1]的这一天终于来了！我也有空。"（西村）

"终于等来啦！话说，大法庭可比上《情热大陆》厉害多了！我时间OK！"（馆）

"我也没问题！"（小林）

"太棒了！好想喊出来啊！不过，还是先忍住！2月22号，时间OK！"（我妻）

大家的回复充满了无比期待的兴奋。

"那我就回复2月22号了。我们太赞了！"

辩护团里目前还没有任何一个人有过在最高法院大法庭辩论的经验，不过这也很正常，毕竟进入平成时代后目前只有三起案件进入过刑事大法庭，要找出有经验的辩护律师都很难。眼下既没有能预习的知识，也没有在司法研修中学习过的内容可

---

[1] 《情热大陆》是由日本每日放送制作，通过TBS电视联播网播出的一档人物深度纪录片节目，以日本各行各业中的杰出人物为题材。

以参考。

怎么办好呢……

这一刻起，没有头绪的辩护团成员们，开始朝着大法庭辩论全力以赴！

第九章　接受挑战

之后的 11 月 29 日，津田书记官再次打来了电话。

"开庭辩论的日期定在了 2 月 22 日，之后我们还会正式发出通知书。"

"好的。"

"收到通知书之前，还请不要对任何人说起。"

"好的，收到。"

如果只是一个形式性的通知，那电话在这里就可以结束了，但龟石还是鼓起勇气问了津田书记官一个问题，因为她实在找不到可以回答这个问题的辩护律师，就想着不如直接问最高法院的书记官更快，毕竟他们比谁都熟悉大法庭的情况。

"我想问一下……大法庭的辩论，是怎么进行的啊？"

龟石不知道问这么初级的问题是否合适，她也清楚很可能会被拒绝。就算书记官回答了，她猜对方也是免不了摆出盛气凌人的架势，或者带上轻蔑甚至是嘲讽的语气。

出乎意料的是，津田慢条斯理地回答了龟石的问题，和气又仔细。

"首先，主审法官会问：'是按照申诉主旨书进行陈述吗？'你回答'是的'就好。一般申诉主旨书已经详细写出了辩护律师的主张，如果你还有要补充的辩护要点，可以在辩论日的两周之前提交。检察官也是一样。辩论当天宣读辩护要旨的时候，请务必控制在十五分钟以内。"

说到最后"十五分钟以内"的时候，津田才稍微加重了语气。

"好的，了解。发言的人不一定需要是我这个首席辩护律师吧？"

龟石考虑的是，对他们每个辩护律师来说，这次在大法庭的辩论很可能都是此生仅有一次的机会，说不定大家的父母家人也会来观摩。万一有人很想登上这个千载难逢的大舞台呢？她还需要和大家确认清楚。

"是的。不是首席辩护律师也可以发言。辩护要旨是大家联名提交的，其中任何一位都可以。"

"明白了。非常感谢您！"

"如果还有什么不清楚的地方，可以随时问我。"

津田书记官这句话给了龟石很大鼓励。这天之后，她又陆续轰炸了一些问题过来。毕竟，要想在辩论中表现出最好的状态，得事先掌握大法庭的环境。

"我们可以提前参观大法庭吗？"

目前辩护团里还没人知道大法庭的实际面积有多少，如果不清楚辩护律师席位和十五位法官席位之间的距离，也就不好把握辩护时需要用多大的声音讲话。

"不能参观。"

"有麦克风吗？"

如果有麦克风，那无论面积多大，都不用担心音量问题。

"每个人的席位上都有麦克风。"

"辩护律师席位的座椅是什么样的？"

有的椅子是电影院的收缩式，人一站起来座位会收回去，同时留出空间。有的椅子是四个腿，需要往后撤一下才能留出空间站起来，或者需要往旁边站一站。椅子不同，站起来的动作也会不同。这些看起来无足轻重的细节也十分重要。

"是四个腿的椅子，不是那种站起来会收回去的。"

"那法官的椅子宽度大概是多少呢？"

十五位法官会在大法庭坐成一排，从椅子的宽度可以推算出从左到右的距离。如果不知道这个距离，也就不好判断是只需要转换视线，就可以从一边看向另一边，还是需要配合身体的转动才能看到所有法官。

"也不是特别宽的那种椅子，可能比普通的宽一点点吧。"

津田书记官对每一个问题都耐心地做了回答。还好有他的帮助，大家初步描绘出一个辩论空间的临场概念。

提交辩护要旨的截止日期是在辩论日2月22日之前两周的2月8日。

法庭辩论的意义

在法律界，有一个私下流传甚广的说法，或者说是法律专家们的常识，那就是最高法院在进入开庭辩论阶段前，就已经有了最终结论。所以龟石的律师前辈们知道最高法院通知她"开庭辩论"时，都不约而同地向她透漏了这个说法。

这倒让龟石重新思考起所谓法庭辩论的意义。如果说最高法院庭前已经做出了结论，那大家又为了什么在大法庭辩论呢？只是为了去读一下事先写好的文件吗？如果是这样，那辩护团的辩护不就成了走形式而已？而自己想要传达的信息，也只是读一读简化版的申诉主旨书就可以了吗？

12月的辩护团会议上，大家经过慎重考虑，得出了一致意见。他们想要做的辩护是，即便最高法院已经有了结论，也要用自己的语言表达出自己的想法。希望可以让十五位法官听到自己的声音，打动十五位法官的心，更希望得到十五位法官公正的判决。

会议上，大家还讨论了能实现这一想法的具体方案。

"把要说的话记在脑子里，看着法官的眼睛说，而不是照着文本读。"

"不要用晦涩的表达，尽量说得简单通俗一点。"

"毕竟我们还不是法律界大咖，经验也不丰富，就用我们自己的方式去辩护吧。"

"要说的都写在申诉主旨书里了，我们抓住机会做补充说明吧。"

"把最能打动人的信息，也是最重要的信息传递出去。"

大家说出一个又一个想法，光听着好像都是些老生常谈的东西，但其实一般的法庭辩论都是读用法律专业用语写成的长文，无聊又枯燥，所以辩护团才想着怎么能改进一些。

辩护的关键最终敲定在两个地方。一个是主张"位置信息是隐私，应得到保护"，由小林、小野和龟石负责这一部分。另一个是主张"GPS 侦查是强制措施",由西村、馆和我妻负责。

最后的最后，必须确定"最主要的主张"是什么。这是需要各自完成的作业，大家决定在年后的会议上再做探讨。

"好好准备是一回事，但我们其实还是小白啊！要不然，我去请教一下老师吧，他有过最高法院的经验。"

不知道是谁提议了这么一句。

"哪位老师？"

"后藤老师？"

"后藤老师啊，那太好了！"

后藤老师是指大阪辩护律师协会的后藤贞人，也被称为"大阪刑事辩护律师第一人"。1975 年结束司法实习的他是第二十七期的辩护律师，对第六十二期的辩护团成员来说，是不折不扣的大前辈。后藤律师曾经在大阪市平野区母子被杀纵火一案担任过首席辩护律师。该案嫌疑人一审被判无期，二审被判死刑，但在最高法院颠覆了判决结果，案子被退回到大阪地方法院重新审理，最终嫌疑人被判无罪释放。

"一声不吭地粘上去当然不行了"

12 月 21 日迟暮时分，大家见到了后藤律师。龟石因为其他工作没赶上集合时间，其余五人先拜访了后藤律师的事务所。确认预约时，说是"来请教最高法院的辩论事宜"。

后藤在白板上绘制着法庭现场和大家解释："我在最高法院辩论过四五次，之前还能站在中间，现在不行了。而且，现在也不让用黑板架了。"

有裁判员参与的庭审中，视情况可以在架子上放画板展示，给裁判员解释的时候也可以用指示棒指着看，但在最高法院不允许这么做。同样，也不能离开自己的座位，走到正前方在法官面前做解释。

"对了，是哪个法庭？第一还是第二？"

后藤问。龟石只告诉了他在最高法院辩论，没说是在大法庭。

"都不是，是大法庭。"

听到馆的回答，后藤瞪大了眼睛。

"不是吧？大法庭！那不就是要十五位法官？大法庭好像还没做过刑事案子……这是什么情况，违反宪法？那不就是第31条？这种情况还没有过更改判决的先例呢。"

后藤想了想，突然又自言自语说道："真厉害啊，居然是在大法庭！我都没在大法庭辩论过……真想和你们换一换！"

连经验丰富的后藤都这么说，看来在大法庭辩论真的是刑事辩护律师最华丽的大舞台。正在这时，迟到的龟石进来了。

"开庭辩论就和大阪辩护律师协会的研修一样。虽说对方是最高法院的法官，但跟给裁判员做演示是一样的流程。记住，一开始就要强调这个案子最主要的问题点，话说，问题点是什么？"

后藤至今还不清楚GPS案子的梗概，现在才听大家介绍了案件和辩护过程。听完后，他对在盗窃团车上安装GPS终端这段反应敏感。

"这种，一声不吭地粘上去当然不行了！"

之后，他又反复强调了对安装GPS的抵触感。

"把别人的车弄坏了不行，那粘个GPS就可以了？没有这样的道理！"

"这样说的话，那是不是还可以伸个手把人家房间窗户打开，在屋里装个窃听器？"

后藤好像对"粘"GPS这一行为感到极为不爽。

"美国的琼斯案的判决中，法庭最终得出的意见是，安装GPS是需要拿到令状的侦查行为。"

听到小林的补充，后藤眼睛一亮。

"这个法庭意见值得研究。"

后藤的辩护委托络绎不绝，日理万机，这次的会面时间也只有短短三十分钟。龟石转述了她和最高法院书记官之间的沟通后，期待着后藤给出一些建议。

"辩护要旨在辩论日期的两周之前提交，辩护时间也被严格规定在十五分钟内。"

后藤语气强硬地说："这种情况你就直接说，'我需要一个小时'。这么重要的案子只给十五分钟，怎么可能这么短的时间里说完所有内容。你直接说给我一个小时，可能最后也只是争取到三十分钟，但反正一开始你先试着去沟通'十五分钟不行'。"

"这样……但，对方可是最高法院啊……"

龟石被后藤的气场镇住了，此时有点怯。

"没关系！什么辩护要旨两周前提交，不用搭理。我从来没交过这种东西。"

"不会吧？这也行？"

"本来就是啊，哪里有写一定要事先提交？法律上没有规定吧？"

后藤稍微降了降分贝，总结发言似的和辩护团的成员们说："辩护律师为了做好辩护，一定要推敲到最后一刻，必须要绞尽所有脑汁，做出最出色的辩护方案，这是我们应尽的义务。所以两周前提交书面什么的，根本办不到。你也可以直接和他们说，'我们事先无法提交'。"

"好的，明白了……"

此时，三十分钟见面时间刚刚到。

"这是一辈子只有一次的大舞台，好好享受！"

被后藤鼓励到的辩护团，斗志昂扬地辞别了后藤事务所。但龟石才是直接和书记官沟通的人，虽然对方很亲切，但被后藤布置了这么多任务，她一点也轻松不起来。

执行任务

12月22日，为了完成后藤的任务，龟石给津田书记官打了电话。

"辩护时间，我想申请一个小时。"

听了龟石的请求，津田被惊得忍不住笑出声说："这不可能。"

但龟石没有放弃。

"我们有很多想传达的信息，十五分钟肯定不够。"

"那我转告给法官们商量一下。"

"太感谢您了！就算一个小时不行，我们这边十五分钟肯定也完全不够，这一点还请您多多理解。"

"我知道了。可能要年后才能回复你，到时和你联系。"

龟石又切换了另一个任务。

"还有辩护要旨,一定要事先提交吗?"

龟石的话音刚落,对方就强势回复:"必须交!"

龟石料想会如此,但也不会赤手空拳地败下阵来。

"辩护要旨的内容,我们可能会一直做到辩论前最后一刻,就算两周前提交了,之后我们也可能更改一部分内容。而且,我们并不想直接念书面文字。这样的话,事先提交书面文件不就没有意义了吗……"

津田的语气明显变得迟疑了,好像肚子里在说,你们这群家伙,到底想要干什么!

"……不照着书面内容读当然没问题,本来就是要旨的一个陈述。话说回来,你们已经提交了申诉主旨书,辩护要旨是对它的补充……你们补充了多少内容呢?"

津田想从龟石的回答里推测辩护团究竟打什么算盘。

"大部分内容都没有写在申诉主旨书里,所以有很多要说的东西。"

整通电话龟石没有透露任何内部信息,反而把津田绕得云里雾里。

从津田的反应来看,辩护时间好像能在十五分钟的基础上延长,但不提交辩护要旨的话,有种"到时候万一有什么我们可不认"的意思。

(这是不是说,一定要提交呢……)

问题是,提交什么内容好呢?

五天后的12月27日,龟石接到了两通电话。

一个是津田书记官打来的,说关于延长辩护时间可以在年内回复。

"作为最高法院来说,原则上只能给十五分钟,但时间到了,我们也不会强行打断。不过,你们最多也只能说到三十分钟。"

果然如后藤所说。

另一个电话是藤浩太郎打来的,他是辩护团成员司法实习时代的同期,现在隶属于西村 Asahi 法律事务所,而且是被挖过来的。这家律所的登记在册律师数量在业内数一数二。

"我们律所有一名律师叫园尾隆司,他以前是法官,在最高法院任总务局局长,现在是我们律所的高管,对这个案子特别有兴趣,我在想,要不要一起吃个饭,你们也可以试着问问大法庭上辩论的事情?"

园尾也是时任最高法院长官的寺田逸郎的同期,两个人在1974年4月时还在东京地方法院一起共事过。辩护团现在极其需要关于大法庭辩论的信息,这个安排简直就是雪中送炭。

"太感谢了!我们一定去。"

于是他们约了年后的2017年1月17日在东京见面。辩护团的这一年就算是结束了。

牛铃和牛

过完年,距离提交辩护要旨只剩下一个月时间。1月13日的辩护团会议上,大家各自读了一遍自己准备好的辩护词。

当然,真正操作起来没这么简单。作为刑事辩护律师,龟石和我妻经历过的裁判员参与审理案最多,经验最丰富。他们知道,要用最通俗易懂、最有冲击力的语言向普罗大众解释,但这需要日复一日的工作积累。辩护团其他成员的刑事辩护的经验尚浅，几乎没有这样的心得体会。

民事案件的辩护活动，都是写给法律专家看的理论文章。也可以说，民事律师很少有机会尝试把晦涩的法律理论转换成让人印象深刻的通俗表达。所以，突然让他们把自己的想法用极具感染力的方式说出来，只会让他们不知道如何下笔。特别是馆，他一直觉得"自己欠缺写抒情文的能力"。

当天会议上，馆的论稿果然成了众矢之的。

"阿尔卑斯山下放牧的牛，脖子上都系着很大的铃铛。这个铃铛也叫牛铃，据说是为了确认牛所在的位置。畜牧业者负责管理家畜，这无可厚非，但人不是家畜，自然也没有道理被别人管理自己的行动。

"本案中，在车上安装GPS终端来确认行动的做法，显然存在问题。检察官说这种侦查和跟踪是同一性质，但真的是这样吗？

"一旦在车上安装了GPS，那负责安装的侦查机关，也就是国家，就能不间断地掌握目标的所在位置。换句话说，GPS侦查是由国家来实现行动管理的侦查。

"司法公开的关于强制措施的判断框架，是侦查机关的行为规范，也是其行动指南。因此，超出行为规范的判断，当然不在强制措施的判断范畴之内。

"回到开头所举的例子，其实铃铛声相当吵，奥地利已经有很多人向畜牧业者投诉过铃铛的噪音问题。最后做出的判决是，用GPS终端取代牛铃，装在牛身上来确认位置，双方达成和解。那么，在车上安装GPS来管理人的行动，与此无异。"

馆刚说完，会议室里就飘荡起一种怪怪的气氛。虽说比喻和故事都讲得挺不错，但"牛铃"的例子，好像并不恰当。大家都能听出来他已经尽力在朝通俗易懂的方向处理了，但呈现出来的措辞，还是有不少专业术语和比较绕的表达方式。

龟石更为在意的，是馆拿着纸，照本宣科朗读的模样。如果换成法官来听，这是一点都不能打动对方的。而且，发言者还有一种居高临下的演讲语调，会给人自以为是的感觉。

小林对馆说："小馆，你按照平时说话的感觉试试？毕竟你声音那么好听。"

其他人也加入了点评。

"好像这个比喻不太必要。"

"语速太快了。"

最后还是我妻指出了根本问题。

"人被打动，往往是因为想到、考虑到自己身边的人的情况。我们想给自己的子孙后代留下什么？自己活着的时候希望社会变成什么样子？要是这些地方能得到共鸣，那就能打动对方。我想法官也一样会被打动。"

我妻一眼看穿了馆发言时的"表达"问题，这才是最本质的。

"而且听着太难懂了，光看书面就觉得汉字太多。馆的辩护是对案件的说明和法律解释。能打动人心的辩护并不是这样的。"

最终的理论架构

当天会议最后的时间里，龟石打算基于2013年接下这个案子来三年多的辩护活动的经历，和辩护团成员一起厘清案件关键之所在。

虽然一审的预定辩护意见书、二审的上诉主旨书，还有向最高院提交的申诉主旨书里，大家都提出了各种主张，但此刻，针对最为本质的问题、最后一刻最想补充的是什么的问题，每个人又都发表了自己的看法。龟石在白板上一个个写下来，写了擦，擦了又写，反反复复，终于一点点呈现出辩护团脑海里的想法。原来，大家最想传达的是"GPS侦查是强制措施"这一点，这也是这场官司之所以发生的原点。要想传递出这个重要的信息，又该如何表达呢？

大家想到了下面的话："GPS侦查侵害了重要的权利和利益。"

如果要主张这一点，就必须强调GPS侦查得到的位置信息属于隐私，属于应该被保护的信息。也必须证明，位置信息不单单是数字的罗列，也不是记号的集合，而是表现人类隐私的内容。

比如，知道了对方在教堂里的事实，就可以推测出这个人的宗教信仰。

比如，知道了对方在某政党办公室里的事实，就可以推测出这个人支持这个政党。

比如，知道了对方在情侣酒店的事实，就可以联想这个人的性生活。

人的行动，以及作为行动结果的位置信息，都是人内心面的反映。也因此可以认为，位置信息属于隐私，需要被保护。隐私权是人重要的权利和利益，任何人无权干涉，反而需要被保护，因为被保护的也是自我身份认同的形成过程。

"没做亏心事的话,被监视也不怕啊。"

这是一种经常能听到的反对意见,但这是误解了隐私权的含义。隐私权并不是为了遮掩亏心事而存在的,而是为了"任何人无权干涉,反而需要被保护"之物,因为被保护的也是"自我身份认同的形成过程",因此是人作为个体生活在这个世界上不可缺少的重要权利。位置信息是人内心面的反映,作为隐私应该受到保护。而GPS侦查无视这一点,可以说侵害了人重要的权利和利益,所以才属于强制措施。

在强化这一主张的基础上,辩护团最后定下了五个要点:

① 什么是隐私;
② 隐私很重要;
③ 位置信息属于隐私;
④ GPS 侦查是强制措施;
⑤ 这场审判事关重大。

接下来大家要考虑的是,用什么样的语言把这五点传递出去。"用口语化表达和对方解释说明","要时刻记得打动对方的内心","每一句话尽可能简短,措辞也尽可能简单",因为说的时间太长,听的人就会走神。不论什么场合,这些都是相通的。虽然后藤律师给出的建议被采纳了,延长了时间限制,但大家还是觉得不能拘泥于三十分钟。比起推敲说满三十分钟的辩护稿,不如好好想一想究竟多长时间才能把需要传递的信息说完,又容易被对方接收。

这就要表现出自己的风格，而不是一味主张理论内容，导致最后变得枯燥又无趣。大家也考虑了在开头加入辩护团的自我介绍的方案。虽然辩护团成员全部是法学硕士出身，但刑事案件的经验尚浅。他们希望能让十五位法官明白，他们为何要接下这次的案子，又带着怎样的心情来到了大法庭。

法兰西梨告诉我们的

在上述五点里，辩护团成员针对GPS的"位置信息"这一点展开了讨论。

"位置信息虽然属于隐私，但位置信息本身是不是没有意义呢？"

"确实。何时，何地，这些信息本身没有任何意义，有没有办法把它们直接关联到别人对自己的评价呢？"

"什么意思？"

"比如说，有个人在飞田新地①，先不说这个人的实际情况如何，至少在别人眼里，多半会怀疑他有些什么奇怪的举动吧？"

"原来如此。位置信息确实能影响别人对自己的评价。"

"要是被人知道自己在飞田新地，肯定有人觉得很丢人吧。"

"因为位置信息会暴露一些亏心事。"

"确实。那有没有这样的情况，即便没做亏心事，我也不想让你知道我在哪儿？"

---

① 飞田新地，也叫飞田游廊，是西日本最大的红灯区。1958年以后，日本禁止卖淫，但实际上这里的妓院依然以料理店的名义运营。

"说起来，我去年圣诞夜的时候，一个人在公司加班，不是有个词专门叫'圣诞单身狗'嘛。我就不想让其他人知道。"龟石说。

"这样。嗯，即便没做亏心事，但被人知道自己圣诞夜在公司加班的话，很可能被人推测，是不是没朋友啊，好可怜啊之类。这确实很讨厌。"

"是的是的。"

"我以前特别讨厌我妈老问我'今天去哪儿'，我在想我为什么不愿意被她问。"

"为什么呢？"

"感觉像被她监控了一样。"

"哪怕只是问一问，都好像赤身裸体地展示给了别人吧？"

看来，位置信息属于隐私，在理论上基本成立。只不过，如果还要证明它是强制措施，就必须搞清楚跟踪和GPS侦查的区别。跟踪是"一个人用肉眼获取另一个人的位置信息的行为"。

"跟踪也是获取位置信息，但属于任意侦查（任意措施）。怎么解释它和GPS侦查之间的不同呢？"

这一点不说清楚，就很难让强制措施的主张具有说服力。一审时负责GPS论点的小林和西村，对如何阐明跟踪和GPS侦查的区别一直苦恼不堪。

任意措施和强制措施的区别，并不是由最终得到的信息来决定的。即便两种措施得到了同样的位置信息，也不能说明它们是同样性质的行为。

例如，有些情况下，我们可以随意窥探到别人的包里装的东西，但使用X射线这种技术手段来窥探的行为，肯定是强制措施。再比如，如果我们在侦查对象打电话时刻意接近其身体，事实上也可以听到一部分通话内容，但使用电话监听技术听取通话内容的行为，就肯定是强制措施。

也就是说，尽管跟踪也能得到位置信息，但这不是把GPS侦查视为跟踪的依据。问题关键在于行为的区别，跟踪和GPS侦查的级别完全不同——这里正好是一审得出的结论，也是辩护团始终贯彻的主张。

只是，大家目前还没找到具有决定性的说法，来解释所谓"行为的区别"。

正在头疼的时候，小林突然想到后藤说到的一句"一声不吭地粘上去当然不行了"。和后藤会面的时候，他对GPS案子的大致情况还不甚了解，但只听了简单介绍，第一句话就说"一声不吭地粘上去当然不行了"。

检察官的主张是"GPS侦查是跟踪的辅助手段"。小林也转告了后藤这一点。这是任意措施说的根据。

"怎么可能和跟踪一样嘛！粘上去肯定不行啊！"

后藤和大多数刑法学者的意见不同，他很在意"粘"这个行为。毕竟是常年活跃在第一线的资深刑事辩护律师，比起隐私这些，他反而对"粘"最先产生抵触。小林一直惦记着，后藤为何在这里看出了问题。

"后藤老师说'一声不吭地粘上去当然不行了'，这到底是什么意思呢？"

"把GPS一声不吭地粘上去当然不行……是说不能粘？那，这个一声不吭就粘上去的东西，如果不是GPS，是个法兰西梨行不行呢？"

龟石毫无预兆地说到了"法兰西梨"。

"嗯？梨？为什么是法兰西梨？"

"没什么，就是突然想吃了。话说，在别人车上或者摩托车上一声不吭地粘个法兰西梨，就没有任何问题吗？"

"也不行吧，擅自在属于别人的物品上粘东西，都会侵害财产权吧。"

"那也就是说，不论粘的是法兰西梨，还是GPS，在侵害财产权这一点上是一样的？那，法兰西梨和GPS的关键区别是什么呢？"

"是不是在于有没有侵犯别人的隐私的能力？"

好像找到了启发。

"法兰西梨只是个物体，但GPS是个机器，它的存在就预设了可以获取别人的位置信息的功能。就算对法兰西梨和GPS同样采取'粘'的动作，但GPS通过侵犯隐私获取的信息，才是粘到了隐私范围内。所以有没有后藤老师说的'粘'的动作，会不会就是跟踪和GPS最本质的区别？"

大家都陷入了思考，在想小林的发言在多大程度上有效。跟踪虽然获取了个人的位置信息，但只是在外部观察，并没有侵入到个人的隐私范围之内。而GPS这种获取个人位置信息的物体，可以"粘"在个人的隐私范围内。这就是区别。

安装行为——这一点之前也曾讨论过。一审阶段，大家把侵犯财产权以及侵犯私人领域、私有车辆地点等隐私范畴的行为归为一类。但当时做出的判断是把追究位置信息的隐私权问题当作重点，而特定的安装行为只被视为取得位置信息之前的步骤,没有给到足够重视。

问题可能就在于,在对方不知情的情况下,把随时能捕捉位置信息的物体安装在私人物品上,谁都会很抵触。相比其他,追究这个安装行为,也许就能明确它和跟踪的本质区别了。

短暂的沉默后,西村冷不防嘀咕起来:"……可不就是在这个地方吗?"

"找到了呢。"

辩护团对新出现的想法,都回过神来。

"安装这种本来就是通过侵犯隐私来获取个人位置信息的东西,这可不是勘验许可令能办到的。"

"为什么?"

"伸出胳膊把GPS安装在车上这种动作,完全偏离了'勘验'限定的利用'五官功能'去了解形状、状态的意思吧?"

"而且,勘验许可令有一栏写着,申请下发需要满足的条件。其中一条规定,必须明确'和犯罪无关的部分如何处理'。比如说,安装了GPS后,可以查明嫌疑人的罪名,但不可避免地,也会获取和犯罪无关的人的位置信息。从这一点来说,警方也没有满足下发勘验许可令时规定的条件。"

"是这样。所以才必须要做一个令状啊。名字就叫'一声不吭令状'好了。"

讨论至此,辩护团总算找出了解释跟踪和GPS侦查不同的决定性因素。但,问题还远没有结束。

"可我们从一审到现在,并没有按照这个思路做主张啊……"

辩护团确实没有在申诉主旨书里,就这个观点说明GPS侦查和跟踪的不同。如果辩护的时候说了没有写到的内容，大法庭会不会接受呢？

"的确。但也没关系吧？既然我们发现了，那就说吧。"

长达两个半小时的会议终于结束了，这次花的时间比以往任何一次会议都要漫长。

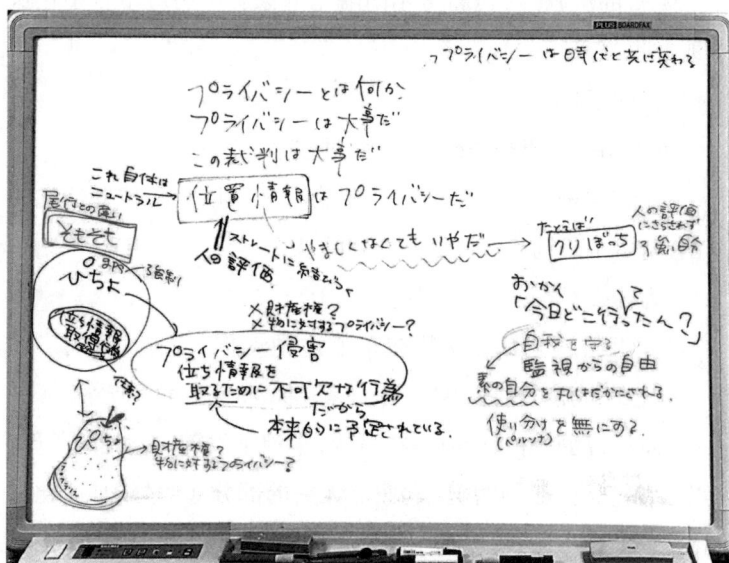

会议当时使用的白板。左下方可以看到法兰西梨的插图

警察粘在了车上！

这次讨论给了西村很大的启发。

GPS 侦查和跟踪在有没有"粘"这个行为上，产生了本质性的区别，但如何用一句话向法官说明白"粘"这个行为呢？这个重要的课题还没有得到解决。经过前几天的辩护团会议，西

村大概看到了能解决这个课题的"轮廓",但还没形成更清晰的"画像"。

灵感的到来总是不期而至。

西村每天早上都从家里搭乘电车去西天满①的公司上班,在JR东西线的北新地站下车后,再走一段路到事务所。四十分钟的通勤时间也是西村的思考时间。如果有想到的文件构架或者新想法,他一般会用手机的备忘录记下来。那天早上,他也是在路上考虑着GPS侦查和跟踪的区别,想找到一个能作比喻的表达。

就在这时,"竹矛和导弹"这个词一下子浮现出来。

跟踪是用肉眼追踪人目力所及的目标,也可以说是极端模拟的技术②,看刑侦片子就知道刑警跟踪有多辛苦。西村从跟踪这一模拟技术的场景,联想到战场上二等兵拿着竹矛搏斗的画面。

另一方面,GPS侦查利用数字信号,一瞬间就能从俯瞰万物的卫星定位到精确地点。西村又想到最新型导弹的形象,可以精确锁定目标进行发射。

西村一直以来都是奇思妙想特别多的人,不过这次的比喻,超出了主张的框架范围,不太适合用来解释安装行为的问题。

西村放弃了这个想法,又开始朝其他方向行进,很快又想到了。跟踪是警察在肉眼范围内对嫌疑人进行最远距离的行踪确

① 西天满,大阪市北区的町名。
② 英文是analog,指与某事物有一定比例的相似度。

认，而GPS是在嫌疑人的车上冷不丁粘个东西。如果把GPS拟人化，西村立即想到警察直接粘在嫌疑人车底的画面。

西村赶紧把这个画面记录在备忘录里，但他现在遇到的瓶颈是，"GPS是把模拟的跟踪数字化"这个念头一直在脑海里挥之不去。数字化也好，数据化也好，仅凭这一点不能说明两个行为的本质差异。苦恼之中，西村又从这个想法延伸出更发散的点子。

GPS侦查并不是"模拟化之后就变成跟踪"，而是"粘上了车辆的行为"吧？警察把GPS粘在车底的行为——也就是说，GPS的技术之所以得以实现，就在于这个原本不应该存在的行为，即粘在车上的行为和追踪车辆的行为。想到这里，西村取得了重大突破！他确信"这个行得通"，迅速给辩护团汇报了这个想法。

"我想出了更好的点子啦。"

大家无比期待着西村接下来要说的话。

馆听到西村冷静甚至有些认真的语音，以为会出现一些高明又很理论化的内容。因为西村平时太爱开玩笑了，但开会的时候，一说到理论部分，他又变得很认真。

"嗯？是什么？"

"嗯，像这样，警察粘在了车上！"

"什么？"

五个人一下子没听懂西村说的意思。馆听到后的反应是，"这家伙没事吧？"还有点担心起来。

西村也发现了大家的反应不太对。看来意思没表达到位，说不定还以为自己在开玩笑呢。但西村自己倒觉得，这个想法完美无缺。他还断定，大家的反应平淡，是他们的理解力有限。

"嗯？你们不明白吗？"

西村继续喋喋不休说着他的想法。虽然一开始大家都丈二和尚摸不着头脑，但说着说着，辩护团好像渐渐都听明白了。最后，这个"粘在嫌疑人车上的警察"的想法，作为辩护中GPS部分的核心论点被采纳了。

书写一审的预定辩护意见书时，大家一直被一个难题困扰，如鲠在喉，那就是怎样才能言简意赅地表达出属于任意措施的跟踪和属于强制措施的GPS侦查之间的区别。现在多亏西村的灵光一闪，总算在最后一刻把这根鱼刺拔了出来。

谁来干？

想法一个个确定下来，但真正的辩护该怎么展开呢？辩护团为这个问题苦恼不已，尤其是馆。最后是我妻给了大家启发。

那天开会的时候，我妻因为其他工作在东京出差，缺席了前半程。

"抱歉抱歉，我迟到了。不过我在回来的新干线上写了点东西。"

"那，读来听听吧！"

我妻沉着地开始了自己的辩护。

"有一个人，他有自己的信仰，坚持参加宗教团体的集会。但这个宗教团体对政府的某些偏颇政策表达了质疑。这个人有些担心，自己会不会因此受到政府的打压。但他还是可以继续参加相关集会。

"有一个人，一直参与支持某政治家的活动，可他并不想让身边的人知道这一点。即便如此，他也可以继续去选举办公室，给街头演讲帮忙。

"能从权力手中保护他们的，正是隐私权。这个权利能保证他们有不受监控的自由，不受他人评价的自由，选择自己何时在何地的自由……"

接着，我妻又引用了一个战争时期的例子。有一位牧师支持纳粹党，最后却还是被纳粹送到了集中营里。我妻平静地说出了他从中总结出的教训，如果每个人都不发出抗议的声音，认为"与我无关"的话，也许有一天，那些可怕的事情也会落在自己身上。

辩护团的每一个人，听着听着都被深深吸引住了。

"……十年后，二十年后，当我们回顾这场审判时，我希望我们能庆幸，当时做出了正确的判断。当我们的子孙后代了解了这场审判后，我希望他们不是憎恨我们，而是感谢我们做出了这样的判断。"

我妻的辩护说完，大家情不自禁鼓起掌来，一扫空气中的沉重。
"对，辩护就应该这么说！"

辩护团一瞬间找到了感觉。除了龟石和我妻，其他四个人总以为辩护是基于证据陈述法律意见。现在听了我妻的辩护，大家一下子明白了辩护可以加入历史趣闻，可以表达自己的感情，可以如此吸引人。馆的辩护虽然遭到了批评，但并不是说他的辩护词本身有多差。

我妻的辩护不仅提到了其他辩护里漏掉的点，效果还出奇精彩。于是，大家决定把我妻的辩护词当做原稿来参考，每个人都用自己的语言来读我妻的稿子。其实，即便是同一篇稿子，每个人说话方式不同，给听众的印象也会不同。

我妻以前加入过"东京法庭技术学会"（简称TATA），担任专职讲师。

TATA是2012年由一群志同道合的辩护律师为了呼应2009年开始的裁判员参与审理制度而成立的组织，其目的是"培训口头表达能力，以便更好地开展法庭活动，利于市民理解"。2013年，这个组织注册成为一般社团法人，主要通过为期四五天的工作坊形式，对辩护律师进行个人指导，培训更有实战力的法庭辩护技术。曾经在大阪公立律所指导过龟石的高山律师和我妻一样，都是这一组织的专职讲师。

馆在同一天发出了群消息。

"还有好多棘手的内容要处理，拖了后腿，真是抱歉！感谢我妻、龟石，还有每一位小伙伴！现在就剩下我一个人要加紧练习了！麻烦我妻给我传一下刚才的辩护稿。大家都加油练习呀！我们辩护团尽人事听天命，不留遗憾！"

这个节点上，还没定下辩论日当天谁来做辩护，但辩护团内部产生了一种默契，大家都默认由馆来担任这个角色，也由此对他格外"照顾"。

- 馆是辩护团团长；
- 辩护团的目标是让馆来捧花；

- 他总能率先做别人觉得麻烦不想做的事情，由此得到了大家的一致好评；
- 最高法院发出辩论的通知后，他第一个去定做了西装；
- 他比任何人都更重视这次辩论，毕竟大法庭是辩护律师最华丽的舞台。

馆虽然没有直接表现出来，但内心特别想上场。再说，如果不让最想发言的人去辩护，岂不是失去了意义？只是，馆现阶段的状态还不够，不足以在大法庭上做出感动观众的辩护，还需要他本人增强意识，加强练习。

龟石这时又唐突地问了一句："还有没有谁想上场辩护？"

对这个问题，小林、西村、小野和我妻先后回复。

"我就算了。"

"龟石你来做吧。"

本来这四个人就不是爱出风头的类型，而龟石是最初接下案子的人，也是她促成了这次的辩护活动，所以辩护团一致认为，龟石一定要发言，哪怕时间短一些。这样的话，目前能定下来的是龟石和馆两个人，根据发言内容各自说三分之一。大家都觉得，如果能再加入一个人就更好了。

最后定下来的人选是小林，因为他写的文章在辩护团内得到了最高评价。这样，大法庭辩论就定下了三人模式。

建议

大家各自为辩护内容和方向头疼的时候，和园尾律师约好年末见面的日子悄然而至。辩护团这边是龟石和馆参加，对方是园尾律师，以及促成会面的藤。四个人在东京站附近的日料店边吃边聊。

园尾对这次的判决直接做了断言："我估计这次不太可能更改判决结果。因为这是小法庭也能判断的案子。"

对突如其来的断言，两个人都微微受到了打击。

"那，为什么还要移交到大法庭呢？"

"我推测，很有可能是第二小法庭内部的判断出现了分歧。"

第二小法庭也就是包含寺田长官在内的五位法官所属的部门。不过，最高法院长官通常不参加小法庭的审理。所以园尾律师的猜测是，余下四位法官审理后，对案件结果出现了二对二的分歧。

"第二小法庭有一位叫山本庸幸的法官，他是立法专家，很可能提到了有必要立法。以我之见，这位山本法官对这次的案子，有大干一场的架势。"

园尾律师的看法给了龟石和馆很大鼓励。

龟石也向对方说明了他们在辩护团会议上定下的辩护方案。

"我觉得很不错。"

园尾律师点点头，也说了自己作为原法官的建议。

"无论怎样，结论其实都已经定下来了。辩论，不过是走形式而已。"

看来传言是真的。两个人再次受到了轻微打击。

"无论你们怎么辩护，都不可能改变结论，所以直接开门见山地、尽情地、自由地表达想说的话就好了。而且……"

园尾顿了顿，继续说：

"想说的话，不是说得越多越好，最好能集中在三点，像负责头阵暖场的落语艺人那样，以谦虚的心态来说。"

落语表演的上座区里，负责头阵的落语艺人会先行暖场，声音必须大到连最边上的观众都听得清清楚楚才行。园尾律师是东京大学落语研究会的成员，也只有他能说出这种比方的建议了。

"我想，法官们也很期待，这些知识储备和实战经验都不丰富的年轻律师们，大老远从大阪赶过来，究竟会在大法庭上说些什么呢？所以，大家的辩护一定要让最高法院的法官们听个尽兴。能成为最高法院法官的人，对年轻法律专家的想法都特别有兴趣。你们就不必引用太多资深辩护律师还有泰斗们的话了，目标是，最好能全部用自己的语言说出来。"

"这没问题吗？"

"没问题的。重要的是，如何说出去，怎么引起共鸣。你们如果真的对'能在大法庭做辩论'这件事充满了期待，就尽兴去说，我想，一定能传达给法官们的。"

园尾律师的每一句话，在龟石和馆听起来都既新奇，又富有深意。

大法庭辩论吸引了很多法律专家和媒体的关注，这种情况下，辩护团一直苦恼着究竟要说什么样的内容。虽然有自己想要表达的想法，也有想好要去落实的方案，但究竟能不能这样去做，他们一直拿不定主意。但听了园尾律师的建议，他们确信，可以按照自己制定的方案往下走。

最后，龟石向园尾律师打听了判决的宣判日。

龟石希望辩护团全员都能亲自来听最终判决，所以问了津田书记官好几次宣判日的事情，但津田一直说"会在开庭辩论日那天定下来"，总之就是不透露一点信息。

　　"判决的宣判日和开庭辩论日不会隔很久，这个案子的话，可能是3月中旬到下旬的某个周三。"

　　"是周三啊？"

　　"是的。"

　　"如果宣判那天，辩护律师有其他安排去不了怎么办呢？"

　　"这……辩护律师不去也照常进行。"

　　"不会吧？这样啊？"

　　"对。所以，万一同一天你们有其他案子的事情重叠了，可以理直气壮地提出，'请调整一下日期'。直接说'我们这天有最高法院大法庭的GPS案件的宣判，时间上有冲突'。你这么一说，他们肯定说'那就没办法了，我们调整一下'。法官和检察官都是业内人士，他们肯定明白这个案子的重要性和影响力。这事和一般的审判完全不是一个概念，你们就堂堂正正地提出要调整日期。"

　　园尾律师这一番话，让两个人再次深深感受到大法庭的厉害。

　　几天后，龟石把园尾律师教她的话，试着说给了津田书记官。

　　"我们听说宣布判决的日子是周三，这个是真的吧？"

　　津田扭扭捏捏地承认了。

　　"这个……这个是的。"

　　"我们还听说会在3月中旬宣判，也是真的吗？"

　　"……嗯，是的。"

"那我们现在把3月中旬的周三全都空出来,没问题吧?"

"……啊,那也可以吧。"

最高法院的习惯,看来从过去到现在都没变过。

惹怒了书记官

1月30日,龟石又给最高法院的津田书记官打了个电话。

这时候,辩护团已经确定了辩护的大致内容,以及每个人负责的部分。从头到尾排练后,差不多是十八分钟的辩护陈述。

"我们大概超出了十五分钟,但不到二十分钟。"

津田接受了龟石提出的请求。

但问题在于辩护要旨的内容。虽然辩护团写好了辩护原稿,但他们并不想事先让法官知道得过于详细。他们希望辩论当天,法官能认真听完他们说的每一句话。可以的话,他们连一个字都不想提交。龟石就试探着问了问:"我们的稿子只写了提纲,也一定要交吗?"

津田脱口而出:"请提交。"

这样就算达成了口头协议,只要提交了大纲版的文件,也不会被责怪。龟石老调重弹,又问了其他事情。

"宣判日定下了吗?"

对这个问题,津田一如既往守口如瓶。

"还没有。你们只要根据法官说的来配合就好了。"

提交辩护要旨的截止日期是2月4日。辩护团最终内部商量后,决定提交以下内容:

第一　开篇

第二　关于使用GPS侦查的性质和规定

  一 "如无特别规定，不得采用之不恰当手段"的
意思

  二 使用GPS侦查是强制措施

  三 针对使用GPS侦查的规定，应基于全体国民的
意见

第三　位置信息的受保护性

  一 隐私权是个体顽强生存于世不可缺少之物

  二 位置信息反映了个人的内在面，对其处理方式会
影响个人生活

第四　结尾

  一 动用权力的监控，是事关全体国民的事情

  二 本次审判的意义

2月6日，提交后两天，津田书记官打来了电话。

"你们交的是什么东西？"

此刻的津田气势汹汹，颇为吓人，言外之意像在说，"你们开
什么玩笑""我从来没见过交这种东西的"。之前的通话里，龟
石一直私下想象着津田书记官是个沉稳的人，但这一瞬间着实
让人感觉到"声音都气得发抖"了。

这个时候露怯，可就输了。龟石绝不怯退。

"不不，可是，有了这个，我想法官能大概明白我们要说
什么……"

津田还没等龟石说完，就用更严厉的语气反驳回来了。

"'开篇'就看不懂了好吗？'开篇'是要'开'个什么'篇'呢？"

完了。开篇那部分确实什么都没写。但是，这时还是不能败下阵来。

"那，我们在每一部分都加三行左右的内容，就是让对方能看懂我们大概要说什么，这样可以吗？我们现在还在推敲当天要读的原稿，可能一直要改到最后一刻。"

津田这才勉勉强强应承下来。

"这样……也行吧。如果明天实在交不上来，本周内无论如何都要提交。"

疯狂练习

担任辩护的龟石、小林和馆三个人，开始了没日没夜的疯狂练习。为了在当天发挥稳定，也为了打动到十五位法官中的每一个人，大家在最高法院的官网上下载了所有法官的头像，放大打印出来，再把十五位法官的头像全部粘在房间的墙上。三个人对着照片，反反复复练习着各自要说的内容。

特别是馆，他在辩护稿上，用打钩号标记着需要停顿的地方。因为是脱稿演说，还要看着法官的眼睛，就必须把所有内容牢牢记在脑子里。为了方便记住，他根据内容变换了字体，还调整了颜色。

馆还提前一周穿上了那套专门为大舞台定制的西服，想早点适应。他穿着西服，对着家里的镜子或者夜晚的窗户，看着自己的身影操练，每一个手势都极为较真。晚上担心打扰邻居，他不敢在家里用太大的声音说话，于是常常下班后留在事务所，抓紧时间练习。而家里唯一能练习的地方只有浴室。

这个季节也是花粉症出现的时候，满大街都是戴口罩的人。通勤路上，馆戴着口罩，嘴里也念念有词地去搭电车（戴着口罩就看不到嘴，也不会被别人当成奇奇怪怪的人）。无论到哪儿，他都随身带着稿子，一旦有不确定的地方，就赶紧拿出来看。

辩护团会议上，馆也在大家面前反复演练自己负责辩护的部分。

有人说他声音太大了，他就压低一些，结果又被说声音太小。语速也时不时被说"快了""慢了"。有人建议他调整抑扬顿挫的地方，改掉拉高尾声的口癖，他也用心去调整，结果又变得平淡无奇，被吐槽"你是机器吗"。馆对每一个意见都虚心接受，不气馁，努力练习，一点点提高了辩护发言水平。

小林也给自己预留了充分的练习时间。他录下自己演说的声音，重新听，然后修正自己觉得不好的地方。小林也穿着西服练习，一点点褪去了刚开始的不适感。穿正装是为了营造出郑重其事的氛围。他认为在家里穿着居家服，就算口头上说得再好，一旦当天穿上正式服装，肯定还是和平时有差别，也会影响发挥。

这是我妻教他的方法。我妻说，虽然他习惯了辩护，但每次还是会紧张。所以最好在家里练习的时候也穿上正装，站在镜子前说，录下视频，反复回看，再一遍遍练习，这样才不会在当天过于紧张。

辩护词的内容在1月底就基本定下来了，之后的三周时间里，小林每天至少练习五遍。他的辩护内容敲定的时间比馆负责的部分要晚得多，为了追赶上通过魔鬼训练不断提升的馆，小林只好不断增加自己的练习量。

时间到了 2017 年 2 月 21 日,辩论日的前一天。

这个季节是一年中最冷的时候,交通出行也可能受下雪影响出现变数。辩护团决定提前一天去东京。前几天,大家借来西村 Asahi 法律事务所的会议室,打算做最后一次演练,还邀请了园尾律师前来观摩。

演练结束。

"太精彩了!我觉得非常好!"园尾律师的肯定像是给大家打了保票。大家虽然知道这是园尾律师好心给出的鼓励,但确实增加了不少信心。

最后的最后,园尾律师给辩护团馈赠了如下建议。

"法官都受过专门训练,从头到尾面无表情,像斯芬克司①一样。没有表情,也就无法推测他是肯定,还是否定。所以,你们无论怎样都不要动摇自己。"

演练结束后,龟石、西村、小野三个人去"全国町村会馆"办理了入住手续,他们当晚住在这里。这家酒店距离最高法院就几步路。而小林住在千叶,馆住在东京家里,各自回去。我妻因为工作关系,要第二天才到东京。

辩护团登上大法庭的日子,终于到来了。

---

① 斯芬克司,源于古埃及的神话,是长有翅膀的怪物。此处大概比喻为一动不动的狮身人面像。

第十章　一决胜负

天亮后，就是2017年2月22日，是在最高法院大法庭进行辩论的日子。上午11点，辩护团在龟石三人入住的全国町村会馆集合，准备在地下一楼的餐厅吃个午饭。

平时，这里午饭时间人流不断，在附近办公楼上班的白领，还有政府部门的公务员们，都在这儿用餐。但11点的店里，顾客寥寥无几。大家麻烦店家挪了挪桌子，方便六个人坐在一起，吃了个偏早的午餐。担任辩护发言的龟石、小林和馆三个人，可能太紧张，基本上没怎么吃。大法庭辩论很可能此生只有这一次，压力之大可想而知，神经自然也变得更敏感。

而没有辩护压力的西村、小野和我妻三个人，好像无视辩论组三个人一样，和平时一样轻松说笑，有一搭没一搭聊着，津津有味地吃着端上来的料理。辩论组对这个"津津有味"的吃相，有点看不入眼。

"这是'乡下佬进城'吗？"

"要不然你们顺便逛逛景点再回去吧。"

平常的话，这种玩笑肯定也会有分寸地一笑而过，但那天却显得特别生硬。

大家想吃完饭继续在龟石的房间里练习一下，就延迟了退房。

"啊！又错了！"

小林有点气恼，忍不住叹气。他今天还没能顺畅地把稿子说完整。

全国町村会馆周边集中了国会议事堂、首相官邸，还有议员会馆，那天好巧不巧遇到了某街头宣传，大喇叭声一直不绝于耳。一跑神，注意力就难以集中了，脑子里原本记得清清楚楚的辩护稿也不知飞去了哪里。

"啊！等一下！我再说一遍。"

龟石也有点生气地反复练了好几遍，但没一次是通顺的。

一直拖到了退房的最后一刻，结果还是离想要的效果差了十万八千里。

去最高法院

从全国町村会馆走到最高法院，只有十分钟路程。辩护团的入场拍摄从下午1点15分开始，1点退房，时间无缝衔接。

六个人走出全国町村会馆，从眼前的青山大道朝右转，走到隼町的十字路口。从这里隐约可以看到一座石造的建筑物，被首都高速公路的高架桥遮住了一部分。这座看起来像要塞一样的建筑物，正是最高法院。1947年5月3日，《日本国宪法》正式实施，最高法院的建设也同时启动。现在使用的这座建筑是1974年落成的，和龟石的出生是在同一年。

斜穿过隼町的十字路口，沿着青山大道的三宅坂方向往前走，在三宅坂的三岔路口朝左转，走五十米左右就能看到门口的守卫。这里是正门。

和守卫说明了辩护律师的身份后，大家从正门走进去，看到已经聚集了一大群媒体。因为要拍摄辩护团进入法庭的视频，工作人员模样的人一看到辩护团来了，都骚动起来。

"好的，那你们就走起来吧。"

电视台导演做完手势，以龟石打头阵的辩护团走入了法院。一审的时候已经经历了好几次这种拍摄，但这一天的机器台数多得夸张。

拍摄结束后，大家从正面玄关走进去。登上楼梯台阶，超高天花板的大厅就展现在眼前。大厅最里面就是全日本法庭面积最大的大法庭，足足有五百七十四平方米。辩护团先被带到了大法庭旁边的休息室。六人辩护团的休息室，大得超出想象。房间正中有一张大桌子，周围配了很多一人位的沙发。大家舒了一口气，坐在沙发上，充分享受着大空间的舒畅。

时间到了下午1点25分，距离入庭还有二十分钟。龟石、小林和馆三人辩论组在休息室开始练习，好像要追回刚刚在酒店里的准备不足。三个人从沙发站起来，分别在房间里踱着步，嘴里嘀嘀咕咕复习着自己负责的部分。站着比坐着好，坐着总感觉沉不下心。走着走着，三个人默契地走成了一列，绕着房间里的沙发转圈，一边走，一边做最后的确认，恨不得把脑子里的内容刻在嘴上。

西村和小野倒是一点也不紧张，安静地看着辩论组三人。

西村看着看着，轻轻站起来，悄悄加入三人组的后面，跟着一起在房间里转圈。他想让三人组尽可能放轻松一点。

看到西村跟在三个人的后面，小野大概猜到他是想消除三人紧绷的紧张感，他觉得这主意挺好，也跟在了后面。最后成了五个人一列，在房间里不停绕圈。

"你们俩，跟着瞎绕什么！和你们没关系啊！快坐下！"

被辩论组这么一吼，非辩论组反驳说："不是，我们也紧张，坐也不是站也不是。"

"把我思路都打乱了，好不容易才记住的！"

虽然嘴上这么说，但五个人在房间里转来转去，好像确实消除了一部分紧张。

时间差不多快到下午1点45分了。

小林对龟石和馆说："确实不能出错，但你们一定没问题。"

然后他又换了个语气，故意一本正经地说："我们为这个案子一直努力到这一步。所以……只要真挚地传达出去，哪怕有一点点瑕疵，也肯定能进入听众的耳朵，打动他们的心。"

六个人此时都在想，要让今天的辩护呈现出最精彩绝伦的面貌。也许每个人的表达方式不同，但对这一点，大家都彼此默契地了然于心。

入庭

下午1点45分，有人来敲休息室的门。打开一看，是最高法院的事务官。

"我们差不多过去吧。"

辩护团收拾了下行李，拿上笔和本子，还有辩护稿，这是辩论三人组以防万一备用的。

　　"龟石律师先出场，之后是小林律师，再之后是馆律师……"

　　事务官指定了出场顺序。走下台阶，登上另一段连接到左手边大法庭的台阶，左边有一个非普通出入口的小门。从这里到大法庭有一段十多米的通道，不知道是不是通道的灯太亮了，右边的大法庭看着有些刺眼。

　　走过通道的时候，龟石忽然有一股奇妙的感觉袭来。画面成了慢镜头，声音也消失不见了。虽然她清楚眼前发生的一切，但却好像没了身在其中的现实感。

　　通道的尽头是大法庭。法庭面积说是日本第一，但其实也没有想象的那么大。正面看过去，正好是十五位法官的座位，可以俯视法庭内的一切。每个人的座位前都配备了麦克风，还摆了一本大部头的《六法全书》。法官的一排座位设计得有些弧度，可能是为了让每个人都能从自己的角度看到法庭全景。

　　辩护团的座位设置在大法庭入口，是个五人桌，有前后两排，直接面向法官。最高法院原则上不对事实进行审理，只负责审理是否有违反宪法和违反判例的"法律审判"，这一点与地方法院和高等法院截然不同。因此，也就没有必要营造出和检察官还有辩护律师对立的架势。

　　辩护团被事务官提醒着，正式和最高法院的津田书记官打了个招呼，然后入座。龟石、小林和馆按辩护出场顺序依次坐在靠近法官座位的前排，西村和小野坐旁边，我妻坐在后排。

　　"没想到离这么近。"

　　坐在一起的小林和馆低声交谈着。辩护团座位的前排和法官席位相隔最多也就五到六米。转过头往后看看，旁听席和辩护团座位的后排之间，大概就是伸个手的距离。这种距离设置，反而减弱了一些大法庭的压迫感。

龟石从通道走进大法庭的时候，看了看大法庭最后面的旁听席。旁听席共计一百六十六个席位，加上左右两边共计四十二个席位的记者席，几乎满座。龟石不由得紧张起来，不太敢直视旁听席了。在辩护团位子坐下后，她一会儿看看法官席上方左右两边墙上贴的巨幅挂毯，一会儿又看看天花板的设计，"感受"着大法庭的氛围。

正在目睹前所未见之景——龟石此时就有这样的感觉。比如伊瓜苏瀑布①，还有那些在地球某处存在的绝美风景，都是需要付出一些辛苦才能亲眼见到的。龟石觉得她此刻就在看这样的风景。

环顾了一圈法庭内部，龟石的紧张感缓和下来一点，旁听席的嘈杂声也渐渐入了耳。她转过头，目光搜寻着什么。看到父亲时，她挥了挥手。父母和婶婶作为龟石家代表，专程从北海道赶到东京，来看龟石的大舞台。本来，这种打招呼的动作不是刑事辩护律师应该有的，但不知道是她的紧张感还未完全消除，还是她在努力表现出胸有成竹的样子，想让身边的人看不出她的紧张。

馆负责辩护的收尾部分。他把大法庭想象得过于宽敞，结

---

① 伊瓜苏瀑布，由位于巴西巴拉那州和阿根廷边界上的伊瓜苏河从巴西高原辉绿岩悬崖上落入巴拉那峡谷形成的瀑布，现为联合国世界自然遗产，与东非维多利亚瀑布及横跨美加的尼亚加拉瀑布并称世界三大瀑布。

果进来的一瞬间，反而觉得没那么夸张。他本来以为自己看着每一个法官发言，身体最好一动也不要动，但现在觉得稍微动一动可能更好，安心了不少。之后，他又确认了站起来时很关键的椅子，发现大法庭的椅子又大又重，看来起身的时候还是要多加小心。馆一直操心着这些细节。

正式开始前，没什么事情做反而增加紧张感。大家怕忘词，一边期待着早点开始辩论，一边在脑海里反复默念着自己负责的部分。

小林进入大法庭后，没有一丝临场的实感，一直在感慨着"大法庭好大啊！""有点暗啊！""天花板好高啊！""报道阵容太豪华了吧！"，都是些旁观者视角。小林本来连去地方法院辩护都会紧张得声音发抖，但今天入座后，竟然不紧张了。可能是因为大法庭的设计只能让他们看到十五位法官吧。小林觉得，与其紧张，不如好好集中注意力，这才是最好的准备。

辩论开始

开庭前五分钟，事务官向全场宣布："即刻开庭。"

话音刚落，整个法庭就肃穆了下来。

一片沉寂中，法官席位后面正中间的对扇门悄无声息地打开了，大大的门扇向里拉开，同时，包括旁听观众在内的所有人起立，都盯向门扇那里。

十五位身着黑色制服的法官，依次入庭。

走在最前面的是本次担任主审法官的寺田逸郎法官。寺田法官推开门扇后，径直走进来，坐在了法官席位最中间的位子上。跟在寺田法官后面的是冈部喜代子法官,她是除寺田法官之外任职时间最长的元老级人物。第三位是跟在冈部法官后面、资历次长的大谷刚彦法官,之后的法官也都按照任职时间长短依次入庭。法官们以寺田法官为中心,一左一右交替入座。

两分钟的法庭内拍摄结束后,法官一起按下各自座位上放置的台灯,瞬间提亮了法官手边位置。

"开庭。"

寺田主审法官的声音回荡在法庭里。

"辩护律师按照申诉主旨书进行陈述吗?"

龟石一下子想起了津田书记官的那通电话。

(真的是一模一样啊……)

龟石立即按照津田书记官交代的回答:"是的,如其陈述。"

寺田主审法官继续说:"如果有申诉主旨书的补充,还请陈述。"

龟石回答:"我在2017年2月9日提交的辩护要旨第二点基础上,陈述补充内容。"

终于到了这一刻。一直以来充满无限遐想的场景在眼前变成了现实。为了这一天,练习了无数遍的那些话,终于可以亲口说出来了。

龟石起身,调整了一下呼吸,看着法官们,娓娓道来:

> 也许,我这么问并不合适……
>
> 第一次见到被告的那天,正式交谈前,他给了我这样的开场白。
>
> "警察在我的车上装了GPS。"

"我一直都在被监控。"

"警察是可以这么做的吗?"

警察是否真的做了这样的侦查,我们当时没有确凿证据。

如果是真的,这种侦查在目前的法律下是否被允许呢?

我们无法立即作出判断。

因为警方可能不承认他们安装了GPS。

审判可能会拖很长时间。

被告可能被拘留更长时间。

我们的主张可能被无视,被告的量刑也可能进一步加重。

至今成为GPS侦查目标的大多数被告和嫌疑人,以及他们的辩护律师,很可能也这样考虑过,所以最终还是放弃了。

但正因为如此,被告和我们六名辩护律师才决定,一定要在这次的审判上提出这个主张。

GPS侦查的实际情况一直不明朗。

侦查机关一直坚持这是"保密需要"。

侦查阶段完成的大多数文件都被丢弃了。

开示的文件里,最关键的内容也被涂黑了。

仅仅等待公审开始,我们就耗去了一年时间。

在这一年里,我们拿到了警察实际获取的位置信息记录。

可以看到,他们每隔几分钟,甚至每隔十几秒,就会搜索位置信息。

搜索的次数,仅一个月就超过了七百次。

我们实地考察了警察安装GPS时侵入的地点。

情人旅馆的停车场入口挂着厚厚的幕帘,根本看不到里面。

我们租来GPS,装在车上,进行了跟踪实验。

结果发现,只要点击手机画面,就能轻易获取车辆的移动状况。

比如,车辆在高速公路朝京都方向行驶的状况。

在医院停车场停车的状况。

进入宗教场所的状况。

而实验的费用,不过才几千日元。

我们轻轻松松就还原了对被告实施的GPS侦查。

而且,深深感受到了不知道真相的可怕。

很长时间以来,全体国民都不清楚GPS侦查的真实情况。

这不仅仅是嫌疑人和被告面临的问题。

这是和我们每一个国民切身相关的问题。

龟石全程讲完,毫无瑕疵。西村一边听龟石的辩护,一边看着法官的反应。法官不愧受过专门训练,表情毫无变化,连机械性的微笑都没有。但可以确定的是,他们很认真地在听龟石的陈述。

不睡觉的警察

接下来是小林的辩护。他暗下决心,要紧跟龟石的气势。龟石坐下的瞬间,小林站起身来。他抬起头,缓缓开了口:

"如无特别规定,不得采用之不恰当手段。"

这是四十多年前，最高法院对强制措施之含义所做的表述。

　　我们每一个辩护律师在法律专业的研究生阶段，在《刑事诉讼法》的教科书上，都多次接触过这段话。

　　无论在多么必要和紧急的情况下，没有严格遵守规则的侦查，都不被允许。

　　如果规则暧昧，必然出现不恰当的侦查。

　　最高法院应该也是这样理解强制措施的含义的。

　　使用GPS进行行动监控，是基于暧昧的规则，因此难以制约。

　　"人们的住所是他们的城堡，风能进，雨能进，国王不能进。"

　　这句格言不仅适用于住所，也适用于财产和人们生活的方方面面。

　　可以说，警察在对方毫不知情的情况下粘在了车底。

　　而且，这个警察不知疲倦。

　　他不睡觉。

　　他不吃饭。

　　他不去卫生间。

　　他绝不离开这辆汽车。

　　只要收到指示，他能随时汇报这辆车的位置。

　　汇报从不出错。

　　并且，他能随时记住这辆车的位置。

　　现实中并不存在这样的警察。

GPS侦查,就是这样的警察,他在监控我们。

GPS侦查,就是这样的警察,他侵害了我们的财产和私人生活。

检查持有物不是强制措施。

跟踪也不是强制措施。

的确,采取这样的行动并不需要特别的规定。

但是,GPS侦查却能在当事人不知道的情况下,侵害我们的财产,监控我们,并记录、分析这些信息。即便是可以接受检查携带物品和跟踪手段的人,应该也无法同意被这样侦查。即便没有破坏我们的持有物,即便实际上没有获取什么信息,我们也不能同意这种侦查行为。

如果GPS侦查没有严格遵守规则,就不能被允许。

那GPS侦查在什么规则下能被允许呢?

能做出判断的,并不是侦查机关。

能做出判断的,是作为主权者的全体国民。

四十多年前,最高法院表述强制措施的含义的时候,GPS技术才刚刚开始开发出来,被运用于军事目的。

因为还在实验阶段,连能获取位置信息的时长也极为有限。

那时,谁也不会预测到我们现在所处的时代,GPS会变得这么小巧、轻便,任何人都可以用低价拿到手。

我们不知道科学技术进步的尽头在哪里。

但与此相伴的是,我们的权利意识也在发生变化。

在不远的将来，等待我们的可能是，谁也想象不到的全新侦查手段。

而那时，我们对新的侦查方式，是接受，还是抗拒？

法院也很难对此作出预测。

那时候的问题，应该交给那个时代的国民民意来决定。

我们所处的现在，GPS侦查还没有得到国民的信赖。所以，我们应该尊重国民的意见，期待他们的讨论，再交由他们作出判断。

小林的辩护也完美无瑕。法官们好像被小林的辩护吸引住了一样，目不转睛地注视着他。小林说的这一部分是关于强制措施，还用到了西村想到的"警察粘在了车底"的表述。小林越说越沉着，甚至还感受到了在大法庭辩论的畅快。可能他心里在想，也许不会有第二次机会站在这里了。

为了防止权力失去控制

最后是馆负责的部分。馆在听龟石和小林辩护的时候，紧张又开始不断加剧。尽管如此，也许是来自无数次练习的信心，他鼓足勇气站起身，挺起胸膛开始了自己的辩护：

有一个人，他有自己的信仰，坚持参加宗教团体的集会。
但这个宗教团体对政府的某些偏颇政策表达了质疑。
这个人有些担心，自己会不会受到政府的打压。
但他还是可以继续保持信仰，参加相关集会。

另外有一个人，一直参与支持某政治家的活动。

可他并不想让身边的人知道这一点。

即便如此，他也可以继续去选举办公室，给街头演讲帮忙。

能从权力手中保护他们的，是隐私权。

能让信念得以实现的，是隐私权。

能让信念只开诚布公给心里信任的人的，也是隐私权。

正是因为有了隐私权，我们才能更有力地生存着。

我们的隐私意识在发生快速变化。

以前，信息发送者数量有限。

以前，信息会被迅速遗忘。

以前，信息的扩散只限定在特定社会区域内。

现在，谁都可以成为信息的发送者。

现在，信息的保存期限几乎半永久。

现在，信息可以在全世界扩散。

"只要在街上走，就无法不暴露自己的位置信息。"

这在以前可能只是危言耸听的说法。

但生活在信息化社会的我们，绝不能接受这一点。

谁在记录这些信息？

用什么方法？

有什么目的？

可以保存到什么时候？

会不会用在目的之外的地方？

今天,这些处理信息的方法令人细思极恐。

位置信息能反映人的内在面。

去了医院,可能被认为生了病。

去了寺庙和神社,可能被认为持有某种信仰。

去了法院,可能被认为惹上了麻烦。甚至不需要任何解释说明。

我们生活的每一天,渴望的是自由而不是监控,是希望而不是恐惧。

但位置信息的处理方法,正左右着我们的生活方式。

权力通过GPS掌握位置信息的对象,现在只是嫌疑人、被告。如今,大多数人还以为自己不会被GPS盯上。

曾经有一位德国牧师支持纳粹党,但他最终却也被纳粹送进了集中营。他对这段往事做了这样的回顾:

最初,他们镇压共产主义者的时候,我们没有发声。

为什么呢? 因为我们不是共产主义者。

之后,他们攻击工会成员的时候,

我们也没有发声。

为什么呢? 因为我们不是工会成员。

后来,他们把犹太人带走的时候,

我们依然没有发声。

为什么呢? 因为我们不是犹太人。

最后,他们来到了我们面前。

但已经没有人能为我们发出抗议之声。

现在可能只针对嫌疑人、被告,但今后,目标有可能是从事某政治活动的人,可能是某宗教团体,可能是没有纳税的人。

权力的失控,已经开始了。

2015年6月5日,本案的一审判决指出,安装GPS终端是强制措施,没有令状的GPS侦查是违法行为。之后也出现了判定GPS侦查违法的判例。然而,侦查机关并没中止安装GPS的行为。

大家会选择一个权力失控,任由权力来监控全体国民的社会,还是选择遏制权力,重视个人重要隐私权的社会呢?我想,本次审判将会成为这样一个历史分歧点。

十年后,二十年后,当我们回顾这场审判时,我希望我们能庆幸,当时做出了正确的判断。当我们的子孙后代了解了这场审判后,我希望他们不是憎恨我们,而是感谢我们做出了这样的判断。

三个人里最努力的馆,也完美收场。声音的大小、语速的快慢都无可挑剔,还表达出了谦逊的态度。馆自己也觉得这是他迄今为止表现得最好的、最舒畅的一次辩护。

辩护团的辩护发言之后,是检察官的发言。检察官没有起伏地读着已提交的辩护要旨时,大多数法官不是低头看着手头文件,就是闭上了眼睛。

检察官的发言结束后,寺田主审法官宣布:

"辩论结束。"

"判决宣判日，另行通知。"

"闭庭。"

三句话说完，寺田主审法官起身。同时，正面的大门悄无声息地打开，其他法官也一齐起身，按照入庭的顺序依次退庭。十五位法官的背影消失后，大门关闭。大法庭的紧张气氛随之松懈。

庆功宴

辩护团搭乘两辆出租车，赶往位于霞关①的东京地方法院内的记者俱乐部。处理完记者招待会的事情后，大家又马不停蹄赶往东京站，准备返回大阪。我妻有其他事情，就此和大家别过。此时距离新干线的发车时间，还有一个半小时。

"累死了！"

"好想喝一杯啊！"

不知道是谁灵魂出窍地感慨了一句。

"午饭都没怎么吃，现在饿死了！我们在东京站附近吃点什么吧？"

龟石的提议得到大家的响应，于是一起去了车站旁边的新丸之内大厦②。下午4点多，还不到晚餐时间，大多数店铺在做准备，没几家店在营业。

"有没有哪里能喝一杯啊？"

---

① 霞关，是日本东京都千代田区的地名，多个日本中央行政机关的总部坐落于此，为日本的行政中枢。

② 新丸之内大厦，是位于日本东京都千代田区丸之内的摩天大楼，简称"新丸大厦"。

大家边说着边东张西望找着，搭电梯上来后，看到最远处有一间叫作"很大阪"的店。

"这里不错啊！就在这儿吧！"

"太大阪了！走！"

全员一致同意，就去了这家店。龟石点了高杯酒，其他人点了啤酒。

"干杯！"

"辛苦啦！"

"啊！总算心里踏实了！"

"话说，好不容易来趟东京，竟然没吃点更东京的东西。"

"是啊是啊，大阪的东西回去吃也行啊！"

"好想快点回大阪啊！"

闲聊一阵过后，大家说起了刚刚结束的法庭辩论。

"哎呀，真是迄今为止最好的辩护！"

"完成得太漂亮了！"

"算上所有练习，也是发挥最好的一次！"

"而且，和法官也有眼神互动。"

大家夹着下酒菜，喝着啤酒和烧酒，交流着感想。

"这个土手锅①太好吃了！"

"煮内脏也好好吃！"

"话说，我们的这种辩护风格应该没事吧？"

---

① 土手锅，在砂锅内侧涂抹味噌酱后，放入牡蛎和豆腐一起炖煮的一种日本料理。据说是以一个名叫"土手吉助"的牡蛎商人的名字命名的。

"一点都不像法律辩护,更像是诗歌朗诵。"

辩论组现在反而胸有成竹,发自内心地笑起来。

之后大家开始预测判决会如何。

"应该是会判强制措施吧?"

"会深入到哪一步呢?"

大法庭的事情没聊多久,又回到了经典的实习生时代的话题。

什么? 五分钟?

两天后的2017年2月24日,最高法院的书记官给龟石的事务所打来了电话。

"判决宣判日定下来了。"

书记官说是3月15日星期三下午3点。果然如园尾律师预料,跟龟石和津田书记官的谈话中套出3月的某个星期三的信息一致。

(辩论结束后两天就和我们联系,那还不如辩论日当天就告诉我们呢……)

龟石打着电话,心里吐槽着。她第一时间给辩护团通知了这个消息。

"哇! 我那天在大阪有一个庭,我调整一下吧,或者拜托其他辩护律师代替我去。"(我妻)

"好快啊!"(馆)

"确实,好快! 快得有点吓人!"(西村)

"宣判日也会有媒体来报道吧? 是不是法官没改变判断啊?"(小林)

辩论结束两天就决定三周后宣布判决——这是不是暗示辩论基本没有对已有结论产生影响？速度快得让辩护团微微动摇了信心。没想到三天后，另一件事更打击到了他们。

2月27日，津田书记官和龟石联系，说了当天的安排。

"有进场拍摄，还请下午2点15分在正门集合。"

和开庭辩论的时候一模一样。

"3点开庭，请2点45分入座，大家还是和上次坐同样的位子。"

龟石想定好判决后记者招待会的时间，就试探着问："宣判大概几点结束呢？"

津田书记官依然是毫无起伏的语气，利落地说："下午3点5分就结束了。"

"嗯？"龟石对津田抛出来的简单回答难以置信，"什么？只有五分钟吗？"

她的语气好像在问是不是弄错了。

"对，五分钟。"津田毫不动摇，甚至有种理所当然的语气。龟石被这个"五分钟"打乱了思路，如果宣读的只是"主文"，那主审法官一句"宣读主文，本案驳回申诉"就可以结束了，连五秒钟都不需要。既然是五分钟，那应该不只是主文。但也不可能五分钟内把这个案子的判决理由全都说出来。这到底是什么意思呢？

龟石即刻把自己的担忧传给了辩护团。

"据说宣读判决就五分钟……"

辩护团的反应也是一片震惊和不安。

"宣判时间这么短！所以是只读主文吗？感觉有点不太妙

啊！"（馆）

《刑事诉讼规则》第35条第2项,对刑事案件的判决规定了'必须告知理由要旨',所以说,这五分钟可能是主文宣读加上告知理由要旨。还是很不妙啊！"（小林）

"五分钟……有种糟糕的预感。"（西村）

"五分钟的话,也就是一张半A4纸的长度。"（小野）

"糟了糟了糟了。如果要说违法的严重性,肯定要说很多,五分钟绝对不够。这不是什么好兆头啊！"（馆）

辩护团一致认为五分钟绝对不够说清重要问题。

四种可能性

两天后的3月1日,大家惊魂未定,在辩护团会议上对判决的结果做了预测。

辩护团自身的观点是,"GPS侦查是强制措施,需要全新立法后才能实施,但现行法律还没有对此法律化,于是实施了原本绝不允许的侦查"。也就是说,辩护团的逻辑分析图式是:强制措施→需要立法→违法性严重→应该排除证据→无罪。这样的立场,从一审开始就没有变过。

然而,最高院更可能是驳回申诉。这种情况下,可以想到如下四种判断:

① 任意措施,合法;

② 任意措施,违法;

③ 强制措施,违法,有勘验许可令可实施;

④强制措施，违法，且需要立法。

①的"任意措施，合法"，意味着辩护团完败。

那②的"任意措施，违法"又如何呢？辩护团认为，得到违法判断的结果并不够，被判断为强制措施才最重要。所以这个结果也意味着辩护团输。

对辩护团来说，④的"强制措施，违法，且需要立法"才是最理想的判断。但要得到这样的判断结果，难度相当高。

从现实角度来说，可能性最高的是③"强制措施，违法，有勘验许可令可实施"。虽说又绕回来了，但勘验是以地点、物体、人为对象，用"五官的功能"对其形状和状态进行认知的措施。具体来说，现场检证、尸体解剖、身体检查都属于这一类。辩护团认为，下达这个判断的可能性最高。

辩护团成员提醒龟石，就算没有下达④的判断，最好也不要露出失望的表情。要是沮丧着脸出席记者招待会，就会让人感觉辩护团全盘皆输。辩护团最想要的是，能得到最高法院做出"GPS侦查是强制措施"的判断。就算只是"强制是违法。有勘验许可令可实施"，也能勉强说"有胜利的感觉"。

本次判决虽然围绕黑田是否无罪而展开，但争议的本质核心是关于GPS侦查的法律性质，到底是属于任意措施，还是强制措施——这才是最大的争点。最高法院判断GPS侦查是强制措施之时，也就是辩护团胜利之刻。一旦认定为强制措施，就说明没有拿到勘验许可令就不能进行GPS侦查。这样也能在一定程度上制约犯罪侦查的方式。

大家已经提前拿到黑田的感言，以应对媒体。

黑田的话如下："我确实做了坏事，所以对不改变量刑没有任何意见。我也伤害了受害者，这样的处罚是我罪有应得。但，如果警察的侦查有过分的地方，我也想搞清楚，所以才打了这次官司。最高法院判断这是违法，我对这个结果很满意。"

但，最高法院会不会做出和辩护团、黑田的预测一样的判断呢？

判决

2017年3月15日，下午1点，辩护团和辩论日那天一样，在全国町村会馆的餐厅集合。

龟石又胃痛了。这次和辩论的时候不一样。那次是紧张，担心万一失败了怎么办。但这次的判决结果，不是自己能控制的。不过是宣布早已决定好的判断，自己什么都做不了。如果打个比方，辩论的紧张感和升学考试差不多，而判决的紧张感类似成绩公布的时候。

其他辩护团成员也没了平时的活力，没人再开玩笑了。大家的话都少了很多，一张嘴就是"会怎么判呢？"隐隐透露着担心。

其实也不是担心，只是害怕听到判决。这五分钟里会说什么呢？辩护团的恐惧感挥之不去。

正面的对扇门又悄无声息地打开了。

全体起立，注视着门的方向。

寺田主审法官在内的十五位法官，左右交替着入座。

所有法官都入座后，法庭里的人才坐下。

接下来进行的一切都和辩论日完全一样。

"宣布判决。"

寺田主审法官开口了。

"主文。本案驳回申诉。"

驳回申诉也就意味着维持原判决的结论。这是预料之中。辩护团在期待寺田主审法官接下来的话。

"另,法院的意见如下。"

要宣布判决理由了。辩护团知道宣布判决后,法院会发给他们一份写有判决要旨的文件,这也是津田书记官在电话里和他们确认过的。但辩护律师的习惯使然,他们还是一边做笔记一边听寺田主审法官讲话。

"宪法第35条的保障对象,可以理解为与'住所、文件以及持有物'等具有同等基准的、拥有不受侵入权利的私人领域。"

(嗯?)

开头这句话,让龟石有点怀疑自己是不是听错了。

怎么一开始突然就提到宪法了? 真让人想不到。

而且,宪法第35条是"对住所不受侵入、搜查或扣留的保障",具体有以下两条:"① 对任何人的住所、文件以及持有物不得侵入、搜查或扣留。此项权利,除第33条的规定外,如无依据正当的理由签发并明示搜查场所及扣留物品的命令书,一概不得侵犯;② 搜查与扣留,应依据主管司法官署单独签发的命令书施行之。"①但这里公开的全新判断是,不限定在"住所、文件以及持有物",而是与其具有同等基准的私人领域也有不受侵入

---

① 本处翻译参考了日本国驻华大使馆公开的《日本国宪法》译文,见https://www.cn.emb-japan.go.jp/itpr_zh/kenpo_zh.html。

的权利。

开场一鸣惊人。最高法院刚开头的意见就远远超出辩护团的设想，让他们对接下来的话更加期待。

"GPS侦查必然伴随着对个人行动连续的、全方位的掌握，侵犯了个人隐私。此外，秘密在个人持有物上安装机器，是侵犯得以成立的行为，可以说是公权力对私人领域的侵入。因此，GPS侦查侵害了受宪法保障的重要法律利益，我们认为这是强制措施，没有令状不得实施。"

（哎？）

竟然干净利落承认了GPS侦查侵犯了个人隐私，而且，GPS侦查不同于跟踪和埋伏这一点，也和辩护团在辩护时提出的内容一致。甚至辩护团在这场审判里争辩的，也是最想赢下来的"强制措施"的判断，也获得了明确了！简直是超出预料！

（厉害了……）

龟石听到寺田主审法官读到这里的简短话语，已经足够满足。她想听到的内容，全都被说了出来。就算在这里戛然而止，也十二分满意。

但，还没有结束。后面的话更是惊喜不断。

"此外，GPS侦查在《刑事诉讼法》上作为强制措施被允许的话，法官必然在下发令状时需要附加各种条件。不同案件，负责审查令状申请的法官判断也不同，如果无法从多种选项中做出最符合条件的选择，进而认可了并不恰当的强制措施的话，就无法视为遵守了《刑事诉讼法》第197条第1项但书的主旨。"

《刑事诉讼法》第197条第1项规定了"强制措施法定主

义"。但书是"本法没有特别规定的,不得实行强制措施"。寺田主审法官宣读的措辞,也是由此而来。

强制措施必须在法律上有相应规定才能实施,要进行GPS侦查的话,根据案件的不同,以及负责法官的不同判断,下发令状会附加各种各样的条件。如果令状的条件暧昧不清,就不符合强制措施法定主义的主旨。最高法院就是在说,勘验许可令作为实施GPS侦查的令状,并不适用。

"GPS侦查作为有效的侦查手段,今后很可能被广泛运用,本院希望能采取符合宪法、《刑事诉讼法》各项原则的立法措施,对其特殊性加以关注。"

龟石做笔记的笔尖颤抖了一下。

寺田主审法官清清楚楚说了"希望能采取立法措施",这不就等于在宣布,今后在没有制定全新法律的情况下,就不能实施GPS侦查吗?

"以上是判决的全部内容。"

法庭内全体起立,行礼。寺田主审法官率十五位法官依次退庭。六个人呆呆地盯着他们的背影。

"最高法院,好厉害啊……"

"不敢相信……"

大家傻傻看着法官走出去的大门,一动不动地站在原地。勉强挤出来的几句话,声音激动得都僵硬了。

胜利

看看时间,指针刚好显示下午3点5分。

"真的在五分钟里说完了我们想要的内容……"

虽然宣读的文章极为简短,但对辩护团主张的回应,辩护团想要的答案,全都浓缩于其中。一句废话都没有,每一句话都意味深长。大家至今还没听到过这么恰如其分又高度凝练的判决。最高法院作为日本法院的最高峰,用这短短五分钟的高密度宣判,证明了其名副其实。

津田书记官提前告知的"辩护时间十五分钟""宣布判决五分钟就结束了",虽然听起来有点不可思议,但全都基于最高法院的过往经验。当时大家还满是疑问,甚至感到不安,但听了这次精炼的判决才明白,传达最主要的内容,并不在于时间长短。

"我认为我们的主张得到了承认,也获得了恰当的判断。今后可能还会不断出现全新的侦查手法,但肯定会考虑到侦查的必要性、对人权的照顾等很多需要平衡的问题。今天的判决必然会成为届时值得参考的典型判例。"

龟石在判决结束后的记者招待会上这样说。

2014年6月5日,辩护团在"肉问屋"成立,从龟石单独接受委托那天算起,历时三年三个月的辩护活动,最终挖出了他们能想到的最好的判断结果。

大家灵活发挥了各自的个性和能力,彼此配合,开拓出了一条全新的道路。

最终章　回归日常

最高法院的判决日当天，在记者招待会结束后，大家一起前往东京站。

"要不还去那里？"

"去啊去啊！"

目的地是辩论结束那天去的那家叫"很大阪"的店，吧台位还空着。大家点了烤内脏，痛快地享受着啤酒和高杯酒。

"真是厉害啊！"

"太棒了太棒了！"

每个人都意犹未尽地回味着判决的结果。

"话说回来，我觉得肯定没一个人能猜到这样的结果。"

"肯定没有。"

"那你们有想到这一步吗？"

"也没有。"

点的烤内脏就在吧台位后面现场制作，一个接一个烤好了。

"这个也太好吃了！"

"上次不也吃了吗？"

这时候，店员和辩护团打了个招呼："你们之前是不是来过？还是同一群人啊！"

"哇，你记得好清楚！"

"是啊！你们是辩护律师吧？"

嬉嬉闹闹着，不知不觉到了新干线的发车时间。

"我们差不多要走了。"

结账时店员热情地和辩护团说："欢迎大家下次再一起来！"

店员这句话，让大家不约而同地想到以后还能不能再来大法庭。在大法庭做辩论，听宣判，是辩护律师极为珍贵的经历。谁也不敢想这种经历在人生中会有好几次。

"估计，不会再来了吧。"

不知谁说了句大实话，戳中了大家的心声。但，西村充满了期望。

"我们下次再来大法庭吧！"

小林接着他的话说："下次再来！大家一起！"

这两位一向是气场十足。大家听到他们这样说，全都点了点头。虽然心里明白不太现实，但只要是这一群人在一起，说不定就有可能变成现实。

六个人齐心协力完成了一个大工程。最终，黑田支付的辩护费用全都抵消在了诉讼费用里。

大家回归了各自的日常工作。作为朋友约饭，一起绕大阪城跑步保持健康，参加学习会，关系回到了GPS审判之前的状态。

之后

2016年1月,GPS审判还没结束的时候,龟石就从大阪公立律所辞职了。

她在这间公立律所的任期是三年,三年结束后可以重签合同。虽说也能长期在这里干,但大多数辩护律师积累了一定经验后,都会自动给新人让路。

做刑事辩护律师的六年间,龟石几乎没有个人生活,不分昼夜也不分工作日周末地连续工作着。她已经年过四十了,是时候考虑今后是否要切换辩护律师的人生轨道了。

如今辩护律师越来越多,供大于求。不过在这种时代背景下,只要老老实实呆在大阪公立律所,也能拿到稳定收入。只是,候补律师始终是寄人篱下,总不能一直赖着不走吧。龟石一直有危机感,也想挑战一下自己。

于是,辞职的同时,她成立了"eclat梅田法律事务所"。

她没有"纠正当权者"这么狂妄的念头,只是想保留住当看到当权者"犯错"的时候,条件反射地产生"开什么玩笑"这种愤怒的能力。然而,只靠刑事辩护去维持律所运营会很艰难,所以之后,在接刑事辩护之外,她也会接民事案件和家庭纠纷案件,这样才能保证稳定收入。龟石心里决定好了,运营律所的同时,也要坚持为那些有社会意义的案件倾尽全力。

GPS审判的过程中,她还积极参与了其他刑事案件,而且下定决心要打赢。其中一个是"纹身诉讼"。

这个案子的起因是"没有医师资格证的人给顾客做了纹身"，控方因此指控纹身师违反了《医师法》。2016年1月，也是GPS案进入二审上诉审理之前，纹身案进入了公审前整理程序，龟石也和其他辩护律师组成了辩护团。

这个案子的公审前整理程序持续了一年多，围绕的争点是《医师法》第17条。这条法律条文的规定是，"非医师不得从事医疗工作"。也就是说，在医疗行业中，从业"必须要有医师资格证"，但纹身是否属于医疗行业的业务范畴，并没有明确规定。辩护团就提出了"把纹身手术限制在医师领域，违反了受宪法保障的职业选择的自由和表达自由"的主张。

纹身手术中，把针刺入皮下，注射墨水等操作的确可能引起一些皮肤疾病以及过敏反应，也可能通过血液传播引起感染并发症等。但是，辩护团在调查后发现，美国纽约州对纹身手术行业专门设立了"许可制度"，加利福尼亚州有"注册制度"，法国采取的是"备案制度"，规定从业者有义务参加共计二十一小时的研修培训。英国和德国也是一样的做法。换句话说，大多数国家针对确保纹身手术的安全性，认为只要根据其特殊性进行相应的卫生管理和提出必要程度的知识学习的要求即可。而要求纹身师拿到医师资格证，几乎等同于逼他们"歇业"。因此，辩护团认为控方的法律解释是在剥夺纹身师的职业选择自由。

该案于2017年4月进行了一审，8月做了最终辩论，9月下达了判决。纹身师被判有罪。

原本计划是庆功宴的聚餐上，龟石放声大哭。她本想看到纹身师更为放心的表情，但他们那不安的神情，让龟石再也止不住懊恼的泪水。

纹身辩护团当场决定,提起上诉。

然而,当时遇到了上诉资金不足的难题。于是,大家利用网络众筹方式,为上诉发起了费用募捐活动,这在日本还是首例。案子一度成了社会话题,捐款最终超过了三百万日元,远远超出预期。其实,纹身在日本社会容易给人一种不好的印象,但纹身师这个职业在日本有几百年的历史,从事的是正当的职业活动。如果因为不恰当的法律解释,导致一个职业选择突然被剥夺,这是匪夷所思的。龟石认为大多数人都会对这种事情产生共鸣。

2018年11月14日,大阪高等法院驳回了一审的有罪判决,宣布被告无罪。

刑事辩护律师的使命

刑事辩护律师见到被冤枉的嫌疑人、被告时,为了证明他们无罪,要最大限度地利用他们被赋予的法律权利,在刑事审判中抗争。然而,对已经认罪的嫌疑人、被告,为什么也要为其积极辩护呢?关于这个问题的回答,没有唯一答案。

原本,就算当事人"认罪"了,也不意味着他们真正犯了罪。可能是在包庇其他人,也可能是受人威胁,还有可能因为某些内情,而承认的并不是真正的事实。到底什么才是真相?这需要刑事辩护律师从客观事实中挖掘出来。

假如,他们真的犯了罪,也不意味着控方主张的事实没有任何可以争议的余地。举个例子,有人拿菜刀砍伤了人,这是故意砍伤,还是不小心误伤呢?如果是故意行为,那其中是否隐藏着杀人动机?从砍伤的位置、伤口的状态(是顺手砍伤,还是反手砍伤，是砍了一次，还是两次）、当事人的人际关系以及事发前的联络信息等，可以推测出其是故意还是过失行为，是否包含杀人动机等重要内容。因为这些内容会对量刑产生重大影响，可能还需要医生来鉴定伤口状态。有时候，受控方委托的医生和受辩护律师委托的医生，会做出完全不同的诊断。刑事法官的作用就是来判断哪一方更为可信。

有些案件如果只在新闻报道中听个大概，会让人觉得极为凶残，无法接受，但最后刑事审判量刑之轻，或者判处缓期执行，都让人出乎意料。这是因为新闻报道无法把案件背后庞大的事实全部展现出来，包括犯罪动机、案发前的经历、案发的实际情况、被害者与被告的人际关系等和案件事实相关的所有背景资料。刑事辩护律师最想知道的，就是这些案件背后的"故事"。这个重要的工作对确定嫌疑人、被告的适当量刑必不可少。

本次案件围绕无令状的GPS侦查是否合法展开了争论，作为刑事案件来说是极为特殊的案例。因为控方和辩方几乎没有争论作案动机和作案情况等，反倒是警察实施的"侦查方式"成了主要争点。侦查方式也在不断寻求与嫌疑人、被告的人权之间的平衡。拘捕和拘留会约束他们的身体，剥夺行动自由；搜查他们的住所和公司，扣押财产等，也会侵害居住权和财产权；在他们使用的车上擅自安装GPS终端这一行为，极有可能纵容国家权力威胁到不得侵入的"私人领域"，而通过GPS使他们的行动置于监控之下，也严重威胁到了当事人的隐私。

这种在刑事审判里主张宪法上的权利和自由的案子，并不常见。从这个意义上来说，GPS侦查案件非常特殊。

在2012年到2016年间，龟石作为辩护团一员参与的酒吧违反《风俗营业法》的案件，也进行了关于宪法上的权利和自由问题的探讨。2012年当时实行的《风俗营业法》，将"为客人提供跳舞设备，并提供餐饮的商业活动"归为"风俗营业"，营业者有义务申请国家公安委员会的经营许可证。但大多数酒吧无法满足跳舞场地面积的许可条件，所以基本上一半以上的店铺是在没有经营许可证的情况下营业。问题是，不少从业者根本不认为酒吧等同于"风俗营业"。到2011年为止，京都和大阪南部很多间酒吧被举报，不少店铺甚至被迫关店歇业。龟石和辩护团在形式上依据1948年制定的《风俗营业法》的条文，质疑了警察和检察官主张的酒吧是"风俗营业"这一法律解释。他们主张，如果采用这种法律解释，就侵害了酒吧经营者的职业选择自由，侵害了酒吧活动策划者的表达自由。大阪地方法院在一审中支持了辩护团的主张，宣判酒吧从业者无罪。2016年最高法院驳回检察官的上诉，最终裁定被告无罪。

　　龟石在学生时代不经常去酒吧这些地方，她不胜酒力，所以也没有晚上出来玩儿的朋友。比起酒吧里高分贝的喧嚣音乐，她更喜欢一个人看书。她当时还想，自己大概一辈子也没办法成为能去酒吧玩乐的"潮人"。纹身也一向敬而远之。倒不是有多讨厌，只是莫名觉得有点可怕。

　　其实，就算酒吧一间间倒闭，纹身师渐渐失去工作，也和自己没多大关系——但龟石是刑事辩护律师，她的立场是和警察、检察官等国家权力对峙，对检举酒吧和纹身师的事情无法坐视不理。因为国家权力可以随时轻而易举地剥夺人的权利和自由。如果一间酒吧因为音量过大扰民，让附近居民苦不堪言，那很容易被举报。日本社会里不喜欢纹身的人也有很多，据说纹身师在全国也只有几千人，即便被举报了也不会引起多大反响……但，正是这些"容易举报"，才一点点，一点点地剥夺了我们的自由。

龟石时常有种感觉，如果我们的社会对别人的权利和自由受到胁迫的情况过于包容，那总有一天，胁迫会以其他形式降临在自己身上。要想自己生活在安心的社会里，就决不能把别人的权利受到侵害仅仅当作他人之事。这是龟石作为刑事辩护律师最为珍视的一个想法。

刑事辩护律师的工作很难被大众理解。"为什么要为坏人辩护？""你不觉得被害者很可怜吗？""怎么只想着怎么减轻量刑呢？"他们经常遇到这样的质问。但，龟石依然为刑事辩护律师的工作感到深深自豪。从国家权力之手中保护嫌疑人、被告，其实也是在保护生活在这个社会里的我们自己的自由。偏见和先入为主的观念，只会让人渐渐看不到真相。

我们还将继续收集不为人知的庞大事实，探索案件背后的"故事"。

《KEIJI BENGONIN》

© Michiko Kameishi, Masao Nitta 2019

All rights reserved.

Original Japanese edition published by KODANSHA LTD.

Publication rights for Simplified Chinese character edition arranged with KODANSHA LTD.

through KODANSHA BEIJING CULTURE LTD. Beijing, China

图字： 09-2021-0012 号

图书在版编目（CIP）数据

刑事辩护人/（日）龟石伦子、（日）新田匡央著；高璐璐译 . —上海：上海译文出版社，2022.4
（译文纪实）
ISBN 978-7-5327-8968-9

Ⅰ.①刑… Ⅱ.①龟…②新…③高… Ⅲ.①纪实文学－日本－现代 Ⅳ.①I313.55

中国版本图书馆 CIP 数据核字（2022）第 033716 号

刑事辩护人
[日]龟石伦子 新田匡央/著 高璐璐/译
责任编辑/张吉人 薛倩 装帧设计/邵旻 观止堂_未氓

上海译文出版社有限公司出版、发行
网址：www.yiwen.com.cn
201101 上海市闵行区号景路 159 弄 B 座
上海信老印刷厂印刷

开本 890×1240 1/32 印张 8.75 插页 2 字数 124,000
2022 年 4 月第 1 版 2022 年 4 月第 1 次印刷
印数：0,001—8,000 册

ISBN 978-7-5327-8968-9/I·5564
定价：48.00 元